I0749656

Sirène cherche Démon

(désespérément)

DRAVEN VIXEN

Sirène cherche Démon

(désespérément)

Correction : Dani Arthacky Corrections

ISBN : 978-2-493539-63-2

Dépôt légal : Janvier 2026

À toutes celles et tous ceux qui, comme moi, ont cru que leur lumière ne survivrait pas à l'ombre.

À toutes celles et tous ceux qui ont appris à respirer autrement.

Même quand l'eau montait.

Même quand le monde semblait trop lourd.

À celles et ceux qui tiennent encore, parfois de justesse, portés par une force qu'ils ne voient pas toujours, mais qui les traverse malgré tout.

Et à celles et ceux qui ont fini par lâcher prise, non pas par faiblesse, mais par épuisement.

À celles et ceux dont la fatigue a été plus forte que la vie.

Ils ne sont pas moins courageux.

Ils ne sont pas moins aimés.

Leur lumière, même vacillante, continue de se frayer un chemin dans nos mémoires, comme un phare discret au bord de la nuit.

Ce roman est pour vous.

Un hommage à cette force silencieuse – sous toutes ses formes.

Chapitre 1

Zoé

— Tu m'abandonnes ? Tu es sérieuse, Zoé ?

Et l'oscar de la drama queen de l'année revient à Béatrice ! Quelle tragédienne, parfois ! Si l'excès de mise en scène était mortel, Béatrice serait déjà une légende locale.

— Je t'ai avertie quand tu t'es levée ce matin. Ne fais pas genre de tomber des nues.

Ses yeux noirs s'arrondissent. Les mains sur les hanches, elle serre encore davantage sa robe en mousseline autour de sa taille ultra-fine. La couleur jaune du tissu contraste avec sa peau d'ébène.

— Au saut du lit ? Tu plaisantes, là ? Comme si tu ignorais que tant que je n'ai pas avalé trois grands bols de café, rien ne peut m'atteindre !

— C'est vrai, Zoé ! intercède le familier de Béa. Après tout, ça ne fait que cinq ans que l'on habite ensemble.

Perché sur une des étagères de l'arrière-boutique, le chat noir n'en rate pas une miette. Dès qu'il y a de l'animation, Tchaka n'est jamais bien loin. Ce n'est pas pour rien si son surnom c'est : Prince du chaos. Et franchement, il prend son titre très au sérieux. Si le désordre était un art, il aurait déjà sa statue sur la place principale de La Nouvelle-Orléans.

— OK, je le reconnais, j'aurais peut-être dû attendre pour te le dire. J'étais en train de mettre toutes les nouveautés en ligne, alors que ma seule obsession était d'aller me baigner. Comprends-moi... maintenant qu'il fait nuit, je veux y aller. J'en ai marre de la baignoire. Je dois me dégourdir les nageoires. Et accessoirement, arrêter de transformer la salle de bain en aquarium.

Ma voix se fait presque suppliante. Après tout, Béa n'est pas que ma coloc, ou ma meilleure amie. Elle est également ma patronne, même si cela n'a pas toujours été ainsi.

Quand j'ai débarqué à La Nouvelle-Orléans, sa petite boutique ésotérique, La Lune Rousse, peinait à trouver ses clients. Le faubourg Marigny a beau être situé dans un quartier artistique, un peu bohème, il est moins touristique que le Vieux Carré. Pourtant, il est tout aussi vibrant, avec ses rues pavées, ses balcons en fer forgé et la musique qui s'élève dans le vent. La boutique est coincée entre un disquaire vintage et une boulangerie antillaise : odeurs de pain chaud et de sauge garanties ! Seulement, il faut être attentif pour la repérer.

On a tout de suite accroché toutes les deux. J'ai à peine poussé la porte que je me suis sentie à l'aise avec Béatrice. Sans doute parce que c'est une sorcière, et qu'elle a cerné ma nature en un clin d'œil. En sa compagnie, je n'ai jamais eu besoin de jouer un rôle. Aussi, c'est avec toute l'empathie et l'affection que j'éprouvais déjà à son égard que je lui ai proposé de mettre à profit mes études de marketing pour l'aider à faire tourner son affaire. Au début, elle avait peu de moyens, mais je m'en fichais. Cette activité m'occupait en plus de lui rendre service. Comme elle ne pouvait pas me rémunérer, elle m'a offert de m'installer dans la chambre libre de son appartement, juste au-dessus. C'est ainsi que nous sommes devenues inséparables.

Elle et moi, sans oublier Tchaka, bien sûr !

— D'accord, vas-y... De toute façon, tu sais bien que je ne peux rien te refuser. Mais en compensation, tu devras tenir le stand au marché de nuit, samedi soir.

— Samedi soir ? Oh non, tu abuses. C'est là qu'il y aura le plus de monde. Je croyais que tu devais embaucher la petite nièce de la voisine.

— Elle a 16 ans ! Tu parles... elle préfère aller s'amuser. Ceci dit, je la comprends. Le carnaval est un événement à ne pas manquer.

— C'est clair ! confirme Tchaka. Moi, je vais tout faire pour me pavaner sur un char et profiter du défilé en étant aux premières loges.

Je lève les yeux au ciel. La dernière fois qu'il a voulu « profiter du défilé », il a fini dans une poussette pour bébé, vêtu d'un tutu rose, et couvert de confettis. Notre curiosité mise à mal, Béa et moi avons tarabusté Tchaka pendant des mois pour obtenir des explications. Seulement, pour une fois, et à notre grand désespoir, ses lèvres sont restées scellées...

Assis sur son auguste fessier, le chat se lèche une patte, sans doute pour se donner une attitude nonchalante.

— Un jour, je me filmerai pour prouver que je suis le coloc le plus sous-estimé de la galaxie, ajoute-t-il.

— De la galaxie... répète Béa. Il ne faut peut-être pas exagérer non plus.

— En plus, ce sera certainement un court métrage, murmuré-je.

Béa pouffe, et nous nous dépêchons de revenir à nos occupations. Parce que comme d'habitude, Tchaka, fidèle à lui-même, tente d'attirer toute l'attention sur sa petite personne.

Elle tend sa main vers l'épais rideau bordeaux agrémenté de perles multicolores, pour retourner parmi les clients, quand soudain, je comprends. Ce qu'elle vient de dire... je ne l'avais pas vraiment entendu. Mes paupières papillotent, puis je secoue la tête, comme pour me remettre les idées en place.

— Tu ne peux pas m'imposer un tel chantage ? m'affolé-je. Je suis une horrible vendeuse dans la vraie vie. La pire qui soit, tu le sais bien ? Il n'y a que derrière une caméra que j'assure, parce que les questions sont posées à l'écrit. Ce procédé me laisse le temps de réfléchir, et m'évite de raconter des bêtises.

— Tu exagères toujours. En plus, ce n'est pas vrai. Tu as vendu un savon à un type qui croyait que c'était un porte-bonheur.

— Tu te fous de moi, Béa. Je te signale qu'il l'a mangé.

— Et alors ? Il est revenu en acheter deux de plus. Je n'appelle pas ça un échec, moi. Au contraire.

J'aimerais avoir la même logique commerciale. Son petit sourire en coin monte jusqu'à ses billes noires qui pétillent de malice. Elle se retourne et entrebâille le rideau juste assez pour apercevoir les gens qui se bousculent de l'autre côté.

— Tu as vu comment la boutique est blindée ? Dis-toi que samedi, ce sera pire. Mais, je vais être sympa. Tu préfères quoi, être ici ou tenir le stand ? C'est le seul deal que je juge acceptable si vraiment tu veux aller faire trempette.

— En clair, tu me donnes le choix entre la foule ou le brouhaha d'un cataclysme ?

— Précisément. Alors ? Choisis ton poison.

Si je pouvais, je n'opterais pour « aucun des deux » accompagné d'un mojito. Je souffle, à la fois dépitée et soulagée de savoir que je vais pouvoir profiter de ma soirée tranquille. Même s'il semblerait que la sérénité ait un certain coût.

— Très bien... Va pour le stand samedi soir. Mais la prochaine fois que j'ai besoin de quelqu'un dans le rôle du mannequin pour une démonstration, tu as intérêt à te montrer plus conciliante.

Son sourire s'efface, aussitôt remplacé par une grimace peu avenante. Elle plisse les yeux, tout en croisant les bras sur sa poitrine. Si elle avait un balai sous la main, je serais déjà transformée en serpillière.

— Ôte-moi d'un doute, c'est toujours moi la boss ?

— Quand il s'agit de la partie inférieure de la boutique, oui. Mais pour tout ce qui se déroule là-haut, dans mon espace de travail, c'est moi qui commande.

Sans attendre de réponse, je lui tire la langue, et me faufile jusqu'à la sortie. À peine arrivée dans la rue, mon téléphone pétarade. Je fouille dans mon immense sac banane en coton bleu clair, et découvre un texto :

Amuse-toi bien, Zouzou !

Béatrice est la seule personne au monde à pouvoir m'appeler ainsi. J'ignore d'où lui est venue cette idée ridicule. Toutefois, étant donné que dans sa bouche c'est affectueux, j'accepte. Même si ça sonne comme le nom d'un poisson-clown sous caféine.

Merci patronne.

J'hésite avant d'appuyer sur *envoyer*, parce que j'imagine déjà son air colérique en le lisant. Or, il suffit d'une petite bousculade pour qu'en reportant les yeux sur l'écran, je découvre que le message est parti.

Oups... Le mal est fait.

Chapitre 2

Shane

Cette fois, c'en est trop !

Je refuse d'exécuter cette mission. J'en ai marre d'essayer de me conformer à tout prix, et par extension, d'abuser des humains crédules. Bien que là, à cet instant, les observer se pavaner autour de moi en riant et en s'amusant m'exaspère encore plus que de traîner toute cette culpabilité. Je devrais peut-être leur distribuer des médailles pour inconscience heureuse.

« Félicitations, vous venez d'atteindre le niveau expert en déni collectif. »

J'en ai plus qu'assez ! J'ai demandé un nombre incalculable de fois qu'on m'arrête, ou qu'on m'explique comment obtenir ma rédemption... J'ai aussi proposé que l'on efface mes souvenirs pour me faire redevenir humain, repartir à zéro, afin de voir si je fais les mêmes mauvais choix... ceux qui me ramèneront inexorablement à ma condition de démon raté.

Spoiler alerte : j'ai déjà testé la méthode « bonne résolution », et ça s'est soldé par un exorcisme sévère suivi d'une gueule de bois mystique.

Rien n'y fait ! Aucune oreille attentive. Que des rires, des railleries, et des :

— Amuse-toi !

— Pourquoi tu n'en profites pas ? T'as quoi ? 150 ans à tout casser ! Tu as l'éternité devant toi !

— Les humains sont si naïfs. C'est si drôle de les tourner en ridicule.

Oh, ouiiii... hilarant. À se rouler par terre. Tiens, j'aurais dû en faire un stand-up à enfer ouvert. Peut-être que de cette façon, je l'aurais obtenue, ma rédemption.

Je n'ai rien à voir avec mes congénères. Je me suis toujours senti en décalage. Et plus les décennies passent, plus le fossé s'élargit.

Ce soir, c'est terminé.

La nuit vient de tomber sur la ville. Les rires s'éloignent. Les lampadaires s'allument un à un, tels des veilleurs fatigués. Je marche les mains dans les poches, le regard vide. Je traverse City Park, longe les arbres noueux, les bancs désertés, les étangs silencieux. Le bayou St. John s'étire devant moi, sombre et paisible, comme une promesse. Les lucioles dansent au-dessus de l'eau, indifférentes à ma présence. L'humidité s'accroche à ma peau, pendant qu'un parfum de mousse et de terre remonte du sol.

Tout est calme.

Trop calme.

C'est parfait.

Le genre de tranquillité qui précède une idée stupide.

D'un bond souple, je grimpe sur le rebord du pont Wisner. Le vent tiède me caresse la nuque. L'eau en contrebas est noire, lisse, presque accueillante. Elle éveille des souvenirs tout en m'appelant, moi, un être du feu. Ou bien, peut-être que je projette ce besoin d'en finir sur tout ce qui m'entoure. En tout cas, si ce contraste ne me tue pas définitivement, je ne saurais pas quoi faire de plus… La mort des démons n'est pas un simple mythe, j'en suis certain. Même si j'ai essayé toutes les méthodes expéditives, c'est celle-ci, avec le recul, qui me paraît la plus évidente. Sans quoi, je n'aurai plus qu'à monter à bord d'une fusée pour vivre seul sur la lune… Pas sûr qu'on m'y accepte non plus.

Je ferme les yeux. Je ne pense à rien. Juste à la paix dont je rêve tant, et à l'absence de douleur.

Je bascule en avant, avec l'espoir viscéral d'être enfin libéré.

L'air se dérobe. Le vent s'efface. Le monde devient silence.

Je tombe dans l'eau.

Le choc est brutal, glacé, total. Mon corps s'enfonce. Mes poumons se contractent. Mes pensées se dispersent. Mon instinct de survie s'active. Je me débats, puis je me rappelle ce qui m'a conduit ici : la culpabilité. Je ne lutte plus. Je veux couler et disparaître à jamais.

Or, l'eau ne me laisse pas faire.

Quelque chose m'agrippe. Une main. Une force. Une présence.

Je suis tiré vers la surface, ramené contre mon gré. On me traîne sur le bord. Je crache. Je tousse. Je suffoque et même, je grogne.

Dire que j'étais à deux bulles de la tranquillité éternelle. Qui a osé intervenir ?

Mes paupières papillotent. Je devine une silhouette aux formes étranges. Une créature qui ne devrait plus exister.

Cependant, elle est là. Elle flotte devant moi, dans cette eau sombre, éclairée par les lampadaires du pont. Sa peau irradie d'une lumière douce, presque lunaire. Ses longs cheveux blond vénitien ondulent autour de son visage d'ange comme des algues ambrées. Et ses yeux bleus, presque translucides, me transpercent.

Cette entité aquatique, ancienne, puissante, me scrute d'un air triste.

— Qu'est-ce qui peut bien pousser un individu à vouloir disparaître ?

Je reste muet. Pas par surprise. Par honte.

— C'était bien ça, le but de ton saut en pleine nuit ? Viens, sortons. Avant d'y laisser ta peau. Même si tu dois trouver cette perspective attrayante.

Charmante. Irritante. Et a priori dotée d'humour noir. Pourtant, c'est censé être moi le démon, ici ? Note personnelle : perdre son titre de champion du sarcasme face à une sirène, ça pique un peu l'ego.

Elle m'entraîne davantage vers la rive, et malgré l'obscurité, je devine sa queue de poisson s'effacer au profit de longues jambes fuselées. Elle m'abandonne sur le bord, puis par délicatesse plus que par manque d'envie, je la laisse s'éloigner en gardant bien les yeux sur l'horizon.

— C'était ironique. Mais tu l'avais compris, je suppose ?

Je reste sans voix. Je ne m'attendais pas à une intervention, encore moins de cet acabit. Je me relève tant bien que mal, à cause de mes pieds qui s'enfoncent dans la vase. Des roseaux frôlent mes mollets. Le vent, que je trouvais chaud avant mon bain, me paraît bien froid désormais. Je suis certain que si cette sirène n'avait pas été là, j'aurais réussi mon coup. Aussi, sans crier gare, la colère m'envahit.

— Tu n'avais pas le droit d'interférer !

Elle est déjà à moitié habillée. Une jupe évasée de couleur orange clair cache les jolies jambes que j'ai aperçues tout à l'heure.

— Pas le droit d'interférer ? répète-t-elle, outrée.

Contrairement à la croyance populaire, les sirènes sont douées d'une empathie maladive. Ignorer une personne en détresse va à l'encontre de leur nature.

Elle se retourne en tenant son haut blanc plié devant sa poitrine. Son regard me lance des éclairs, comme si j'avais noyé son hippocampe de compagnie.

— J'avais l'obligation d'interférer, tu veux dire ! C'est toi qui n'as pas le droit de mettre fin à tes jours.

À chaque mot prononcé, elle m'enfonce l'ongle de son index dans le thorax.

Et en prime, voilà le sermon !

Mon costume noir est gorgé de flotte, je suis glacé, humilié, et maintenant, je me fais engueuler par une sirène en jupe pastel. Si mes collègues me voyaient, ils me colleraient direct la médaille du démon le plus ridicule de la décennie. J'imagine déjà la cérémonie : discours de Lucifer, buffet froid, et moi qui remercie l'assemblée en pleurant dans ma serviette.

Toutefois, tandis que mes yeux restent arrimés aux siens, je distingue autre chose que de la colère au fond de ses prunelles azurées. J'aperçois de la curiosité. De l'inquiétude. De l'instinct. Ce qui génère un certain trouble dans mon esprit...

— Tu sais ce que je suis, n'est-ce pas ?

— Bien sûr ! Enfin… Tu es un surnaturel, ça ne fait aucun doute.

Un surnaturel. Génial. Je suis passé de l'état de « démon tourmenté » à « un truc chelou vaguement magique ». Elle me classe dans la catégorie « divers » comme un vieux ticket de caisse. Super ! Je suppose que la prochaine étape, c'est : « Objet non identifié avec tendance à râler. »

Je fronce les sourcils, perplexe… Est-il possible qu'elle ignore ma condition ?

— Est-ce si important de connaître avec précision à quelle espèce tu appartiens ? Je m'en fiche, moi ! Et si c'est ça qui te pèse, tu devrais en faire autant. Tu n'es pas fini. Et ta vie encore moins. Je suis sûre que tu as encore plein de belles choses à accomplir.

Je suis un démon centenaire avec des tendances suicidaires, et elle me parle comme si j'étais une pâte à gâteau pas assez cuite. C'est presque mignon. Mais pas tout à fait… Je parie qu'elle mettrait du glaçage sur mes traumas si elle le pouvait.

Elle exécute une volte-face pour enfiler enfin son haut.

— Pourquoi veux-tu mourir ? Tu as peut-être juste besoin de te confier un peu. Une oreille inconnue, ça peut aider, à l'occasion.

Je reste là, à observer cette cascade de cheveux ambrés qui retombe sur cette chute de reins parfaite, incapable de comprendre pourquoi cette créature m'a sauvé, moi. Et encore moins pourquoi, pour la première fois depuis cent soixante-trois ans, j'ai envie de savoir qui elle est.

Mais je n'ai pas le temps de répondre à ses questions.

Elle se retourne, et me saisit par le bras avec fermeté, sans violence. Je sens sa force, sa détermination, et toutes ses convictions qui ne me laissent pas le choix. Elle me guide jusqu'à son sac, planqué au pied d'un arbre. Je n'oppose aucune résistance. Je la suis, trempé jusqu'aux os. Elle attrape une serviette sèche, qu'elle me tend.

— Comment t'appelles-tu ?

Je m'essuie les cheveux, dubitatif.

— Shane.

— Bien. Moi c'est Zoé. Et tu vas m'accompagner.

Je m'arrête, et je sens tous les traits de mon visage se crisper un à un.

— Tu peux refuser. Mais je te préviens : si tu tentes encore de te jeter à l'eau, je te transforme en poisson rouge et je t'enferme dans un bocal.

Je cligne des yeux. Est-ce qu'elle est sérieuse ? Je n'ai jamais rencontré de sirène avant elle, j'ignore si elle en est capable.

Note mentale : ne jamais sous-estimer une sirène en colère.

En tout cas, je ne me vois pas finir ma vie dans un aquarium. Quoiqu'à défaut de pouvoir y mettre un terme ? Ça mérite peut-être réflexion...

Par précaution, et en attendant de pouvoir lui échapper en toute discrétion, je hoche la tête. Elle enroule son bras autour du mien, et m'entraîne dans son sillage.

Je suis déboussolé, escorté par une créature mythologique en jupe orange, alors que mon souhait initial était de trouver la paix. Pourquoi j'ai le sentiment de vivre le début d'un plan bien foireux ? En plus, je parie que c'est moi qui vais payer le café à la fin. Comme d'hab !

Chapitre 3

Zoé

— Tu as du bol, tu sais ! m'enthousiasmé-je en le guidant vers la sortie du parc. Alors que j'avais prévu cette baignade depuis ce matin, j'ai failli renoncer à venir presque à la dernière minute. Béa a bien tenté de me retenir avec son ultimatum. Heureusement que j'ai résisté.

Écouter Béa, c'est souvent une bonne idée... Elle est plus sage que moi. Mais parfois, la preuve, la désobéissance réserve de belles occasions, en l'occurrence celle de sauver la vie de quelqu'un.

— C'est bien connu, j'ai toujours été un sacré veinard... Et qui est Béa ?

— C'est la personne qui compte le plus dans ma vie. Tu ne vas pas tarder à la rencontrer. On sera à la maison dans quelques minutes à peine. Tu vas voir, elle est extraordinaire.

— Ah ! C'est… ta petite amie.

— Mais noooon ! pouffé-je. Quand je dis que Béatrice est la personne qui compte le plus, c'est parce qu'elle est à la fois ma meilleure amie, ma famille, ma colocataire, et comme si ça ne suffisait pas, elle est aussi ma patronne.

— Génial ! Toutes ces casquettes pour une seule tête, j'espère qu'elle a le cou solide.

J'ignore si sa voix grave se teinte d'ironie ou d'admiration. Un peu des deux, sans doute.

— Je te l'accorde, ça fait peut-être beaucoup. Mais Béa, c'est ma boussole, mon smoothie du matin et mon plan d'urgence en cas de panique. En tout cas, je trouve que tu es très drôle, Shane !

Bon, pas de quoi se décrocher la mâchoire dans un fou rire. Cependant, vu les circonstances, je ne vais pas chipoter. Ce n'est pas comme si j'avais un manuel « comment parler à un surnaturel suicidaire sans passer pour une cruche ».

D'ailleurs, à la façon qu'il a de plisser les yeux et de froncer les sourcils, je me doute que c'est pile ce qu'il doit penser. Néanmoins, même avec cette mine renfrognée, je le trouve hyper méga sexy. Grand, taillé en V, tout en muscle avec de larges épaules, parfaites pour des câlins langoureux. En fait, à bien l'observer, surtout maintenant que nous arpentons les rues animées de la ville, et que les lampadaires le révèlent mieux... il a des airs de Jensen Ackles. Des yeux verts moirés d'or, des lèvres pleines bien dessinées, des cheveux juste assez longs pour s'y accrocher en toutes circonstances... et surtout au moment de l'orgasme... Quant à son corps... il est fait pour l'amour, c'est certain. S'il n'avait pas cette tristesse dans le regard, il serait l'incarnation du fantasme parfait. Mais bon, draguer un mec en pleine crise existentielle, ce n'est pas exactement ce que recommande Cosmo.

— Ouais... Un vrai génie comique, rétorque-t-il sarcastique. Et donc, c'était quoi ce dilemme ? À l'évidence, il n'était pas assez attrayant pour que tu sois dans le bayou... à venir contrer mes plans. Si j'avais proposé des pactes aussi pourris à mes clients, je ne culpabiliserais pas autant...

— Tu as fini de râler ? Je suis là, et je vais t'aider à retrouver la joie de vivre ! Le bonheur est partout, dans chaque petite chose de la vie. Il suffit d'ouvrir les yeux, et son cœur.

Oui, ça sonne niais, mais j'assume. Si Disney veut m'engager, je suis dispo après 19 h.

— Alors... En dehors du fait que tu as intérêt à t'accrocher, parce que tu risques d'avoir du boulot... je crois qu'en priorité, il faut que l'on éclaircisse quelque chose de crucial.

Il s'immobilise, m'obligeant à l'imiter. En même temps, un groupe de fêtards passent à côté de nous.

— Bonne soirée, les amoureux ! crient-ils en nous jetant des confettis.

— Merciiii, répliqué-je, tout sourire.

Quand la vie te balance des paillettes, même si c'est dans les yeux, autant sourire.

— Je déteste Carnaval, rouspète Shane en essayant de retirer les confettis collés sur sa veste de costume encore humide. En tout cas ! Ce n'est pas parce que tu me tiens le bras, que je vais rester cramponné à toi. Je compte bien repartir dès que je serai certain que tu ne peux pas mettre ta menace à exécution.

Je pince mes lèvres entre les dents, en proie au doute et à la réflexion.

— Ma... menace ? hésité-je.

— Je vois... Tu t'es foutue de moi ! Super ! Qu'est-ce que c'est drôle ! Si je comprends bien, tu es incapable de me transformer en poisson rouge.

Je mords mes lèvres plus fort, cette fois pour m'empêcher d'exploser de rire.

— Ah, mais si, bien sûr ! Donc, tu as intérêt à rester au moins jusqu'à demain matin. Après, nous aviserons. Nous avons un canapé très confortable, et un chat de garde hors pair, tu vas voir.

Sans attendre de réponse, ou plutôt peut-être dans l'espoir qu'il ne me contre pas, je l'embarque de nouveau avec moi.

— Demain matin ? ronchonne-t-il en suivant le mouvement, contraint et forcé. Non, mais tu rêves. Je te signale qu'à la base, je n'avais pas l'intention d'assister au prochain lever de soleil.

— Raison de plus pour que tu restes. En plus, je suis sûre qu'il sera magnifique !

Je resserre ma prise autour de son bras, pendant qu'un silence s'implante entre nous. Je me demande à quoi il pense, malgré tout, je n'ose pas le regarder. Je préfère tracer jusqu'à la maison où j'ai le sentiment qu'il sera plus en sécurité. Nous progressons au milieu des touristes venus profiter de cette période de fête. Le carnaval, ici, à La Nouvelle-Orléans, est un véritable événement.

— Un chat de garde ? Sérieux ?

Un bref instant m'est nécessaire pour comprendre de quoi il parle.

— Ah, mais tu as quatre à cinq secondes de décalage, en fait.

— Pas du tout ! s'offusque Shane. Je cherche juste à meubler la conversation, et à anticiper dans quel genre de traquenard je vais atterrir.

— Un traquenard ? Je ne pense pas que vouloir sauver la vie de quelqu'un puisse être assimilé à un piège. Mais bon… À chacun sa vision, je suppose. En tout cas, oui, Tchaka est un chat très spécial. Il parle, il juge, et il a un sens de la répartie qui ferait rougir Oscar Wilde. Et promis, il ne mord que quand il est de mauvaise humeur. C'est-à-dire souvent. En plus, crois-moi, si tu survis à son regard désapprobateur, tu peux survivre à tout !

— Si tu l'dis...

— Voilà, on y est !

Shane s'immobilise, et observe la boutique.

— La Lune Rousse, lit-il sur l'enseigne, au-dessus de la porte vitrée. Objets rares, énergies douces, curiosités du monde. OK. Je comprends mieux. Je suppose que ce fameux chat de garde est un familier ?

— Ouiiii, c'est exact. Tu vois, en tant que surnaturel, tu seras pile dans ton élément avec nous.

— Zoé, je ne suis pas un...

La porte s'ouvre pour libérer trois adolescents surexcités qui portent chacun un sac noir fermé par un ruban orange crépusculaire. Dans le même coloris, on peut lire le nom de la boutique écrit dessus en grosses lettres cursives. Ils passent entre Shane et moi tout en s'excusant poliment, avant de continuer leurs babillages.

— Allez, viens ! Je vais te présenter Béatrice.

Je l'entraîne de nouveau derrière moi, persuadée qu'à nous trois, on va pouvoir aider Shane.

Il le faut ! Je ne me vois pas l'avoir conduit jusqu'ici pour le relâcher dans la nature ensuite. Ce serait aussi cruel que de ramener un animal blessé chez soi, et de le libérer avant sa complète guérison. Puis, qui sait ?

Peut-être que cette fois, c'est moi qui finirai un peu réparée également…

Chapitre 4

Shane

Qu'est-ce que j'ai fait au diable pour mériter pareil châtiment ?

Aurais-je par inadvertance coché la case « auto-sabotage » comme punition perpétuelle ?

Je suis censé être en pleine crise existentielle, pas dans une boutique qui empeste l'encens et les regrets. J'avance de quelques pas, et le plancher craque sous mes chaussures trempées. D'un côté, d'épais rideaux grenat séparent la pièce principale d'un « coin lecture d'aura » – comme l'indique la pancarte suspendue juste au-dessus de l'arcade. Cet espace est plus cosy, agrémenté de fauteuils en osier. Le long des murs, de grandes étagères regorgent d'un paquet de livres et de cahiers qualifiés de « grimoires prêts à recevoir des sortilèges et des incantations ». Au travers, c'est un véritable bordel organisé, avec des bougies, des savons, des pierres, et différents articles artisanaux tels que des bijoux ou des sculptures. Exposé au centre, sur une table, un panneau indique « nouveautés ». A priori, il s'agit d'objets enchantés grimés en décoration. Ce qu'ils sont naïfs ces humains ! Même quand on leur colle la magie sous le nez, ils refusent de la voir. Camouflage niveau zéro : « Ne pas regarder l'ours tant qu'il porte un tutu. »

J'aperçois aussi un bocal, à côté de la caisse enregistreuse, avec une étiquette « pour les sorts ratés ». J'y devine une cuillère qui tremble, ainsi qu'un mini parasol en papier que l'on trouve dans les cocktails. Il tente de s'ouvrir tout seul malgré l'espace restreint.

Je suis à deux doigts de demander si le tampon bonus sur la carte de fidélité donne droit à une séance de désenvoûtement gratuite.

Une sorcière aux longs cheveux tressés, vêtue d'une robe jaune, se tient derrière le comptoir.

— Zoéééé ? lance-t-elle à la sirène sans pour autant la regarder.

Les yeux écarquillés, elle conserve ses deux billes noires fixées sur moi.

— Je peux te parler un instant ? En privé.

Elle donne plusieurs petits hochements de tête en direction d'un autre rideau, plus étroit, agrémenté de perles.

— Euh... C'est queeee... J'aimerais éviter de laisser Shane tout seul. D'ailleurs, je ne vous ai pas encore présentés. Shane, voici Béatrice. Béa, Shane. Je l'ai rencontré dans le bayou.

— Ouiiii, approuve-t-elle. Ça se voit. Et... ça se sent aussi.

Merde ! Je n'avais pas songé à l'odeur de vase qui pouvait me coller à la peau. D'un mouvement discret, j'essaie de percevoir ledit fumet qui fait plisser le nez de mon hôtesse. Une merveille ! Un mélange d'eau stagnante accompagnée d'un léger désespoir, avec quelques notes de culpabilité me chatouille les narines. Le parfum du succès en somme.

— Je crois qu'il est temps de fermer ! déclare-t-elle en sortant de derrière sa caisse. Je suis désolée, mesdames, messieurs...

— Nooon, tente de la tempérer Zoé. Je vais...

— Si ! la coupe-t-elle péremptoire. Je t'assure. Il est temps de fermer.

Son ton catégorique ferait reculer un dragon enrhumé. Et la façon dont elle appuie sur chaque mot ne laisse la place à aucune réplique. En clair, j'ai droit à la version sorcière super énervée du « service militaire », mais en plus parfumée.

— Oui, plussoie une petite voix fluette en haut d'une étagère. Je crois que là, Zoé, tu as sacrément merdé.

Un chat, d'un noir de jais, me fixe avec ses yeux de jade. Je me souviens de ce que m'a dit Zoé à son propos. Elle n'avait pas menti. Il empeste le concentré de sarcasmes sur pattes, doté du regard d'un critique gastronomique face à un plat surgelé. Il me note déjà sur 10, j'en suis sûr. Je le sens dans mes tripes. Je pourrais lui faire gagner du temps… Je vise un 3, avec mention « peut mieux faire ».

En tout cas, le comité d'accueil est charmant. Il ne manque plus qu'un panneau : « Bienvenue en enfer, ici on sert du thé glacé. »

Je déteste le thé…

Et l'enfer climatisé, ça casse un peu l'ambiance.

Cependant, lorsque je reporte mon attention sur la sirène, qui à ma grande surprise reste muette, je découvre ses joues rosées. Sa gêne me donne envie de la secourir, et en même temps, je réalise que ma nature n'a pas échappé à la sorcière. Ce qui est sans doute à l'origine de tout ce remue-ménage.

Si cela peut me permettre de partir d'ici plus vite, je ne vais pas m'en plaindre.

Une nuée de « oh », de bougonnements et de différentes onomatopées de déception envahissent la boutique, pendant que la gérante chasse gentiment les traînards. Elle leur promet qu'elle sera ouverte dès

10 h le lendemain matin tout en s'excusant pour ce soir.

— Je ne comprends pas... me souffle Zoé. D'habitude, Béa est très avenante. C'est même une vraie fêtarde. Bien plus que moi.

Le chat saute de son perchoir, pour atterrir sur le comptoir.

— Ce que tu es naïve parfois, ma pauvre Zoé, la nargue-t-il en se pavanant le long du meuble.

Il s'assoit au bout, aux premières loges pour assister à la scène qui va suivre. Béatrice ferme la porte à clé derrière le dernier client, appuie sur le bouton de commande à côté pour baisser le rideau de fer, puis se tourne vers nous.

— Tu m'expliques ce que tu fricotes avec ce démon ?

Génial ! Il fallait que je tombe sur un des rares modèles en circulation de sorcière avec détecteur de démon intégré, et dotée de l'option 100 % jugement rapide en prime.

Zoé me lance un regard à demi paniqué. J'ai bien envie de plonger à mon tour à sa rescousse, en répondant un truc du genre : « Rien, M'dame ! Promis ! Même pas un p'tit fricotage léger. » Mais vu l'ambiance chaleureuse, je me contente d'afficher un air blasé. Il vaut mieux éviter de provoquer la prêtresse de la sauge le premier soir.

De toute façon, Zoé se ressaisit, avant de se justifier avec maladresse.

— Un... ah... euh... ben... C'est que... en fait... j'ignorais que Shane était... J'avais capté que c'était un surnaturel, mais...

— Non, ma belle, l'interrompt la sorcière. Nous, nous sommes des surnaturels. Lui, c'est autre chose. Je sais que d'avoir grandi en France, avec une mère qui t'a surprotégée et un père qui refusait d'entendre parler de... comment il disait déjà ? Ah oui, tes capacités, ça ne t'a pas ouvert au monde comme il faudrait. Mais là, tu joues avec le feu. Enfin... C'est l'expression, hein ? N'y vois pas une invitation à faire une démonstration, surtout.

Elle m'observe, hésitant à son tour.

— Bon, d'accord ! Je suis un démon. Mais tu ne crois pas que si j'avais voulu faire du mal à ton amie, ce serait déjà fait ?

Et avec un minimum de style, pas en mode « je tombe dans l'eau comme un sac de patates », songé-je.

— Et puis, je te signale que ce n'est pas moi qui ai proféré des menaces à son encontre, continué-je. C'est même tout le contraire.

Les yeux ronds, Béatrice interroge la sirène du regard.

— Je voulais m'assurer qu'il n'essaierait pas de s'enfuir. Il a tenté de se... couic !

Elle glisse son index le long de sa gorge. Le geste est mignon, le bruit beaucoup moins. On dirait qu'elle imite un canard en détresse. Il brise son charme et son harmonie naturelle.

— Aaaah ! Je comprends mieux, affirme la sorcière.

— Oui, c'est clair comme de l'eau de roche, confirme Tchaka. Notre chère Zoé au cœur tendre a encore laissé parler son empathie exacerbée au lieu de s'occuper de ses propres nageoires.

— Il était en détresse ! Je ne pouvais pas...

— Si ! Tu pouvais, objecte Béa. Seulement, tu as préféré agir autrement. Quand cesseras-tu de nous ramener tous les animaux blessés que tu croises, Zoé ? Le loup-garou c'était quelque chose, mais là... celui-là ! C'est le pire de tous.

— Ouais ! Je suis bien d'accord, corrobore le chat. L'appart a empesté le chien mouillé pendant des semaines après son départ.

Mes lèvres se retroussent en une grimace de désapprobation.

— Je ne suis pas sûr d'apprécier la comparaison poilue, précisé-je. Toutefois... comme je constate que ma présence dérange, si tu m'ouvres la porte, chère Béatrice, je vous laisserai entre vous pour en débattre... loin de mes oreilles susceptibles.

Et de mon ego déjà en bouillie.

Je m'avance vers la sortie, lorsque Zoé s'interpose. Les bras et les jambes écartés, elle m'empêche d'accéder à la poignée.

— Il en est hors de question ! Béaaaaa… Il est clair qu'il va récidiver. Et si cette fois il réussissait ? On ne peut pas le laisser faire.

Je me sens pris au piège.

— D'accord… concède la sorcière. Mais je me méfie de ces êtres perfides.

Super ! La garde à vue magique vient officiellement de commencer, et mes dons démoniaques sont limités. Je ne peux pas déclencher un incendie, ce ne serait pas correct vis-à-vis de cette sirène qui a cru bien faire. Quant à mon pouvoir de persuasion, il est inefficace sur les créatures surnaturelles. En clair, je suis à peu près aussi menaçant qu'un grille-pain débranché. Et va savoir de quoi sont capables ces deux nanas, surtout lorsqu'elles sont réunies… Si elles sortent un manuel « comment domestiquer un démon en dix leçons », je suis foutu.

Béatrice se dirige vers une des étagères, derrière la caisse, d'où elle tire un grimoire qui a l'air plutôt ancien.

— D'accord ? m'insurgé-je. Comment ça, d'accord ?

Je la suis jusqu'au comptoir, où Tchaka s'interpose tel un cerbère. Ses griffes blanches tranchent avec sa fourrure charbonneuse, pendant qu'il m'offre un sourire Ultra Brite... Enfin... ultra flippant, surtout. Ils sont petits ces félins, mais très énervés, tout le monde sait qu'ils peuvent causer de gros dégâts. Je me recule donc, les paumes en l'air. J'ai beau avoir envie de mourir, tant qu'à faire, j'aimerais choisir la méthode. Je comptais plutôt sur une sortie discrète, pas sur un démontage en pièces détachées. L'idée de finir en puzzle démoniaque ne me séduit pas.

— Tu es la meilleure, Béa ! s'enthousiasme Zoé, qui malgré tout, ne quitte pas sa place de gardienne de la porte.

— Alors, personne ne va me demander mon avis ? Vous allez me retenir prisonnier, jusqu'à... quand ? *Ad vitam aeternam* ? Parce que je peux vous assurer que la liste des tentatives ratées est longue. L'idée d'en finir ne va pas s'évaporer d'un coup de baguette magique.

— Merci pour la précision, lâche Béatrice, en tournant une page.

J'ai l'impression qu'elle cherche comment neutraliser un démon râleur sans abîmer le parquet ? Pendant ce temps, Zoé me jette des regards en coin, mi-inquiets, mi-coupables. Tchaka s'est assis sur le comptoir comme un juge félin. Il scrute chacun de mes mouvements.

— Ah ben, a priori, il semblerait que mon avis soit optionnel... constaté-je, amer.

— Voilà, murmure Béatrice. Je crois que j'ai trouvé.

Super ! Elle croit. Rien que cette précision me donne envie de courir. Enfin... à condition que l'on m'y autorise...

— C'est un sort de neutralisation. Très ancien. Très efficace.

Elle me jette un regard appuyé.

— Tu sais, je ne suis qu'un démon du 5e cercle, en mission de surface. Mes dons sont déjà très limités.

Or, j'ai l'impression qu'elle ne m'entend pas. Elle sort une bougie violette, une plume de corbeau, et un petit sachet qui m'évoque un vieux pot-pourri oublié au fin fond d'une boîte à gants.

— Tu veux me purifier ou me faire mariner ?

— Tais-toi, démon. Et reste immobile.

Charmant. Si elle me demande de me mettre en position étoile de mer, cette fois c'est sûr, je fous le feu à la baraque.

Avec une craie blanche, elle trace un rond sur la tomette autour de moi. En même temps, elle marmonne des mots en créole, en latin, puis en ce qui ressemble à du yaourt mystique. Zoé recule vers l'espace « lecture d'aura », les bras croisés, l'air de celle qui regrette déjà. Ça ne me dit rien qui vaille...

— Béa, tu es sûre que...

— Chut ! Je me concentre. Tiens, tu n'as qu'à jeter la plume dans le cercle quand je te ferai signe.

La sorcière continue son charabia, les yeux fixés sur la bougie qui s'éteint toute seule. Le sachet explose en une nuée de paillettes odorantes. Si j'éternue des étoiles, j'exige un retour dans le temps.

Béa adresse un geste de la main à Zoé, qui s'exécute.

Aussitôt, dès que la plume touche le sol, je ressens un truc. C'est surprenant, désagréable, sans être douloureux. Ça commence par un picotement dans la nuque. Une chaleur dans la poitrine. Pour finir par une décharge qui me traverse la colonne, brutale, comme si on me vissait une fourche dans l'échine. Putain, que j'ai mal ! Et évidemment, personne ne m'a fourni le mode d'emploi.

— Aïe... grogné-je. C'est censé faire ça, ton tour de passe-passe ?

— C'est normal, affirme la sorcière. C'est le sort qui agit. Il neutralise ton aura démoniaque.

Neutralise mon aura ? Elle parle comme si j'étais une bombe à retardement. Alors qu'à ce stade, je suis aussi inoffensif qu'un pétard mouillé.

Quand soudain, Zoé pousse un cri. Pas un cri d'effroi. Un cri de souffrance. Elle se plie en deux, les mains sur le ventre.

— Qu'est-ce que... Béa ! s'écrie-t-elle.

À travers mes paupières plissées par la douleur, je distingue Béatrice qui s'agrippe les cheveux, un air paniqué sur le visage.

— Hein ? Je ne comprends pas ! Tu n'étais pas dans le cercle, pourtant !

— Non, mais fais quelque chose ! J'ai l'impression qu'on m'a planté un harpon dans les reins !

Je tente de sortir du rond, tandis que de son côté, Zoé se dirige vers un des fauteuils en osier à l'opposé de la salle. Elle se laisse tomber sur l'un d'eux en suffoquant. Je fais un pas. Un second. Et là, nous hurlons à l'unisson. Une douleur atroce me traverse le dos, comme si mes vertèbres avaient décidé de se disloquer.

— Qu'est-ce que c'est que ce bordel ? m'énervé-je. C'est censé faire ça ton rituel pailleté ?

La sorcière pâlit. Elle feuillette son grimoire à toute vitesse, les doigts tremblants.

— Non... non non non... Ce n'est pas ce qui était noté. Pourquoi ça fait ça ?

— Attends ! Tu veux dire que tu t'es trompée de sort ? C'est quoi cette sorcière de pacotille ? Où tu m'as amené, toi ! Tu ne pouvais pas me laisser crever en paix, c'était trop demander ?

À mesure que je lui parle, je me rapproche de la sirène, et bizarrement, j'ai l'impression que la souffrance s'atténue.

— Je te signale que je dérouille aussi ! s'agace-t-elle. Même si j'ai le sentiment que ça se calme.

— Oui, c'est vrai, confirmé-je.

Je me redresse doucement, content de pouvoir me tenir à nouveau droit.

— Oh, oh...

— Non ! Pas de oh, oh ! explose Zoé en bondissant de son fauteuil. Qu'est-ce que tu as fait, Béa ?

— Tu sais que je suis dans ma mauvaise période du mois... Et... que je ne devrais pas faire de magie à ce moment-là. Mais, je n'avais pas le choix.

— Qu'est-ce que tu as fait, Béa ? répète Zoé, colérique.

— Ouais, lancé-je à mon tour. Raconte.

— Je suis désolée... Je voulais juste te neutraliser !

— Ça, on l'avait bien compris, articule la sirène. Mais visiblement, tout ne s'est pas passé comme prévu...

— C'est à cause de la plume... elle vous a liés, s'esclaffe Tchaka.

Les familiers et leur sorcière ont une connexion télépathique. Du coup, je me demande si au fond d'elle-même, Béatrice est aussi morte de rire que son chat ? Toutefois, vu son air contrit, j'en doute. Heureusement, sinon j'exigeais les bandes-son.

— Ce n'est pas ma faute, les pages se sont collées ! Et ce grimoire est très mal indexé !

— Eh ben, voilà ! rugit Tchaka, les moustaches frétillantes. On a un très joli duo magique. Je vous présente le démon râleur et la sirène empathique, ligotés comme deux saucisses par un sort de neutralisation foireux.

— C'est une blague ? m'étranglé-je. Tu veux dire qu'on est... connectés ? Comme ton familier et toi ?

— Non ! Liés, précise Béatrice. Vous ne pouvez pas vous éloigner à plus de dix mètres l'un de l'autre. Sinon...

— Sinon, je vais de nouveau avoir l'impression qu'on me plante un harpon dans le dos, traduit la sirène.

La sorcière hésite, ce qui me laisse penser que je ne suis pas au bout des révélations.

— Oui... Et peut-être... quelques effets secondaires.

— Comme ? demandé-je.

— Des hallucinations partagées. Ou une certaine fusion émotionnelle. Mais ils disent ici que c'est rare !

Zoé me regarde, les yeux ronds.

— Toi qui voulais me surveiller pour me sauver la vie... ironisé-je. Je crois que tu ne pouvais pas rêver mieux.

— Attends, Béa ! s'affole-t-elle. Ce que tu essaies de me dire... c'est que je vais devoir le supporter... tout le temps ? Qu'il va devoir me suivre partout ? Même aux toilettes ?

— Je suis vraiment désolée...

À mon tour, je me laisse aller sur un des fauteuils en osier, les bras ballants.

— Génial. Me voilà enchaîné à une sirène hyper enjouée dans une boutique qui empeste la sauge et les regrets. Et ça va durer combien de temps cette plaisanterie ?

Je pose la question, même si je redoute la réponse. S'il y a le mot « lune » dedans, je hurle. Béatrice se gratte la tête, l'air penaud.

— Ben... Avec un peu de chance, ça va sans doute s'atténuer d'ici quelques jours...

— Quelques jours ? s'exclame Zoé. Adieu mon intimité.

— Oui... ou quelques semaines. Ou... une lune. Peut-être deux... Je n'en sais rien, ce n'est pas précisé.

Pile ce que je craignais.

— Et il n'existe aucun contre-sort ? réalisé-je, plein d'espoir.

— Pas que je sache, affirme-t-elle en refermant le grimoire d'un geste vif. De toute façon, tant que mes règles ne seront pas terminées, je refuse de prendre le risque d'essayer quoi que ce soit d'autre. C'est une question de sécurité nationale. Et puis de quoi tu te plains, ma Zoé ? Ce n'est pas toi qui voulais l'avoir à l'œil pour éviter qu'il fasse une bêtise et éventuellement le remettre sur pied ? Ben voilà ! Tu vas pouvoir t'amuser. Vous êtes donc liés par la magie, par les émotions, et aussi dans l'espace.

Elle cite sa dernière phrase telle une prêtresse qui déclare un couple marié. J'échange un regard désabusé avec ma fausse conjointe, quand Tchaka me saute sur les genoux.

— Bienvenue à La Lune Rousse, Shane. Tu vas adorer ton séjour parmi nous. Juste un détail, le fauteuil dans la chambre de Zoé, c'est le mien. Et si tu veux mourir... il faudra le faire à moins de dix mètres de ta sirène. Bonne chance !

Parfait. On dirait que je viens de signer contre ma volonté pour une prison à ciel ouvert, avec supervision féline, et clause de « décès géolocalisé ».

Quel charmant contrat !

Chapitre 5

Zoé

Merveilleux !

Tout ce que je voulais, c'était une baignade paisible sous la lune.

À la place, je me retrouve liée à un démon mélancolique, à cause d'un mauvais rituel orchestré par ma meilleure amie en pleine tempête hormonale. Je me sens comme une sardine ballottée par la marée montante. J'ignorais que j'avais pris un abonnement « chaos illimité ».

Si quelqu'un m'avait révélé cette prédiction ce matin, j'aurais rigolé. Fort. Très fort, même. Et j'en aurais probablement renversé mon smoothie.

Là, je ne ris pas. Mais pas du tout. Je suis debout, les bras croisés, à fixer Béatrice comme si elle venait de m'annoncer que j'étais enceinte du monstre du loch Ness.

— Qu'est-ce qu'on fait, maintenant ? demandé-je en redoutant la réponse.

Béa lève les yeux vers moi, avec l'air de celle qui préférerait être ailleurs. Genre, au fin fond d'une grotte... Loin de moi, de Shane, et de tout ce qui lui rappelle que même si c'est moi qui ai conduit ce démon jusqu'ici, elle a aussi sa part de responsabilité désormais.

— On improvise, propose-t-elle en haussant les épaules.

On nomme cette stratégie « l'intuition en panique ». Le problème c'est qu'à l'oreille, ça sonne beaucoup moins bien que « on improvise ».

— Tu veux dire que l'on va devoir vivre ainsi ? Ce n'est pas comme si c'était un rhume magique ! Tu en as conscience, j'espère ?

— Euh... oui. Sauf que ce rhume peut vous faire ressentir les pires douleurs possibles si vous vous éloignez trop l'un de l'autre.

J'avais bien besoin de ça, un bracelet d'amitié version électrochoc.

Depuis son fauteuil, Shane pousse un soupir dramatique.

— C'est gai ! J'ai l'impression que je vais adorer cette cohabitation forcée. Tu dois regretter maintenant de m'avoir sauvé la vie, non ?

— Pas du tout. Enfin... pas complètement. Même si je pense que l'on va tous apprécier que tu prennes une douche. Parce que là, tu sens le bayou, le désespoir, agrémenté d'un soupçon de vase fermentée.

Et encore, je suis gentille. Il manque juste une pincée de « fin du monde » pour parfaire le parfum. Je me vois déjà présenter la nouvelle collection « Eau de Tragédie » dans le prochain live : disponible en stick ou en spray d'ambiance.

Il se redresse, les sourcils froncés.

— Tu veux que j'empeste comme toi ? La lavande et l'optimisme, c'est ça ? Je te rappelle que je suis un démon, pas une bougie parfumée.

— Tu as vraiment l'art et la manière de formuler un compliment... Mais, non. Juste quelque chose qui ne donne pas envie de te purifier à l'eau bénite.

Il fait la moue. Moi qui pensais faire de l'humour. Il faudra que je m'en souvienne. A priori, les démons ne connaissent ni le second degré ni le savon.

— Tu n'es pas gentille, Zoé, s'amuse Tchaka. Regarde comme il est mignon. Il trouve que tu sens la lavande, alors que tu as la même odeur que lui. Le désespoir en moins, bien sûr ! Pour simplifier les choses, je suggère que vous la preniez ensemble, cette douche.

Mes joues s'échauffent, à la fois de colère et de honte.

— Tchaka ! le sermonne Béa, d'un ton amusé. Laisse notre nouveau couple convoler en paix.

J'aurais aimé rétorquer, cependant, je n'en ai pas le temps.

— Allez, Zoé, enchaîne Béa. Conduis-le jusqu'à l'étage. De toute façon, tu ne vas pas dormir dans la boutique. Et toi aussi, tu vas vouloir te laver. Tu n'as qu'à lui montrer la salle de bain, et lui expliquer les règles de la maison. Je clôture la caisse, puis j'arrive.

Je souffle en commençant à regretter d'avoir ramené Shane jusqu'ici. J'aurais sans doute dû me contenter de le sortir de l'eau et de le déposer sur un banc. Avec un mot autour du cou, peut-être ? Un truc du genre : « À recycler. » Ou mieux : « Fragile – à manipuler en douceur et à nourrir avec compassion toutes les quatre heures. »

— D'accord. Tu viens ?

Tchaka libère ses genoux, et le démon se lève, l'air aussi enthousiaste que moi. On dirait deux condamnés à mort prêts à monter les marches jusqu'au spa pénitentiaire. Les peignoirs sont fournis. Par contre, la sérénité est en option.

— Surtout, pensez bien à rester à moins de dix mètres l'un de l'autre, sinon vous allez hurler comme deux banshees sous acide, nous précise Béa.

— Oui, merci de nous le rappeler… marmonné-je. On avait presque oublié notre bracelet invisible.

J'aurais préféré un bijou de l'amitié en coquillages phosphorescents, plutôt qu'une laisse mystique.

— Je les accompagne, annonce le chat. Juste pour m'assurer qu'ils respectent bien la distance de sécurité.

— Tu parles ! m'exclamé-je. Tu veux surtout espionner et juger.

— Tu es bien trop futée, parfois, ma chère Zoé.

— Et toi, tu es bien trop bavard pour un animal censé dormir 18 heures par jour. Allez, Shane ! Courage. On va survivre à cette étape. Ensemble.

Je suis heureuse de constater que mon caractère enjoué et ma détermination reprennent vite le dessus.

Team positivité : 1.

Team catastrophe : 0.

Pour l'instant.

Chapitre 6

Shane

Survivre ensemble…

Il s'agit là d'un concept novateur qui consiste à souffrir à deux, pour mourir à moins de dix mètres l'un de l'autre. Je ne relève pas l'ironie de la situation qui lui incombe, étant donné que pour ma part, en théorie, je ne devrais plus être de ce monde. Le destin a coché « prolongation » sans me demander mon avis. Si je le croise, celui-ci, je vais lui faire sa fête !

L'escalier en colimaçon débouche sur un étroit couloir éclairé par des appliques agrémentées d'abat-jour rouges. Le parquet grince sous nos pas.

Sauf ceux du chat, bien sûr, qui nous escorte avec la discrétion d'un agent du fisc déguisé en peluche.

— Interdiction de toucher aux tableaux ! indique Zoé. C'est Béatrice qui les a peints lorsqu'elle suivait des cours en histoire de l'art.

Je ne risquais pas de toucher à ces croûtes sauf pour les jeter au feu. Ou pour les offrir à un musée spécialisé dans les traumatismes visuels, peut-être ? La première représente une femme sur un bûcher. Sans doute un hommage à une de ses ancêtres brûlée vive. Et la seconde, un bouquet de fleurs composé principalement de lys. Je préfère ne pas chercher le lien entre les deux. J'ai rencontré l'autrice de ces œuvres quelques minutes plus tôt, et vu comment elle pratique la magie, je suppose que son cerveau doit être un joyeux bordel. Exposition permanente : « Pyromanie et floriculture. » Entrée libre, sortie incertaine.

— Ici, c'est la cuisine. Il y a plusieurs choses auxquelles tu devras faire attention.

La pièce est plutôt petite, mais fonctionnelle. Au centre, il y a une table ronde en bois, accompagnée de quatre chaises. Tout autour se trouvent des étagères fermées par des rideaux colorés. Sur celles restées ouvertes, je distingue des pots étiquetés : sucre, café, poudre de lune, crin de licorne.

— Vous mélangez les ingrédients comestibles avec des composants pour la magie ?

— Alors... voilà ! Ça, c'est la première chose à laquelle tu devras faire attention. La seconde, c'est ce placard. Comme tu peux le constater, nous avons retiré toutes les portes, sauf pour celui-ci...

— Vas-y, explique-lui pourquoi, que je me marre, s'enthousiasme Tchaka.

Il saute sur le tabouret rehaussé d'un coussin orange, à côté du frigo décoré de magnets. Zoé lui lance un regard noir, avant de se tourner vers moi.

— C'est... un autre sort raté de Béa... hésite-t-elle. J'ignore ce qu'elle a voulu faire, et Tchaka a reçu l'ordre de ne pas en parler... Toujours est-il que l'on ne peut accéder à son contenu que les jours impairs.

Je me frotte la joue, et je réalise qu'un coup de rasoir ne serait pas du luxe.

— Et pourquoi ne pas l'avoir vidé, tout simplement ?

— Cette pièce est toute petite ! s'offusque-t-elle. Non ! Autant s'organiser en conséquence. Et puis tu verras, on s'y habitue très vite.

Je rêve... Un placard qui ne s'ouvre que les jours impairs. C'est officiel, cette maison est régie par un calendrier lunaire et un sens de la logique en grève. Si elle me sort que le micro-ondes ne réchauffe qu'une nuit sur deux, je boycotte la cuisine. Uber eat deviendra mon meilleur ami pendant toute la durée de mon séjour forcé.

Elle file comme l'éclair en direction de ce que je devine être le salon. Des guirlandes lumineuses ocre offrent une ambiance douce à la pièce. Une odeur de cannelle flotte dans l'air. Par contre, le style est très éclectique, bien que chaleureux et un brin vintage. De vieux meubles dépareillés, des tapis moelleux, des plantes suspendues et des montagnes de coussins envahissent l'espace. Un large canapé qui semble un peu affaissé, mais accueillant, grâce aux plaids colorés qui le recouvrent. Sur les murs, mes yeux ne savent même pas où regarder. Ils hésitent entre les photos, certaines en noir et blanc, ou des textes qui ressemblent à des sortilèges...

Bienvenue chez Pinterest & Purgatoire, la collab que personne n'attendait.

— Ici, comme tu l'auras compris, c'est l'endroit où nous nous retrouvons le plus souvent. Il y a la télé, bien sûr, ainsi qu'un coin lecture.

Zoé tire un rideau en dentelle, et dévoile une alcôve avec un fauteuil suspendu et une banquette encerclée d'étagères pleines de livres.

— L'œuf est à moi, précise Tchaka, toujours sur nos talons.

Un fauteuil en forme d'œuf géant attribué à un chat. Manquait plus que ça. Ce duplex, c'est un magazine déco croisé avec un sanctuaire pour divas félines. Je vais te le calmer direct, moi, le greffier.

— Vu les poils noirs qui ornent le coussin blanc, je m'en serais douté, rétorqué-je.

Preuve A : dépôt pelucheux.

Verdict : coupable, Votre Honneur !

— Et là, c'est mon espace de travail. Mon coin digital comme j'aime le nommer.

Zoé désigne un grand bureau en bois clair, placé devant une fenêtre. Je me penche pour observer la vue, qui donne sur la rue animée du Faubourg Marigny.

— Et puisque tout le monde en est à marquer son territoire, enchaîne-t-elle, il est interdit de toucher à ma chaise ergonomique. J'ai ajouté ce joli plaid mauve par-dessus, mais elle est ajustée pour mon dos.

Son trône est réglé pour ses vertèbres et la couverture est là pour l'esthétique. OK... Moi, je suis réglé pour le sarcasme, sans plaid sur les épaules. C'est grave, docteur ?

— Parfait ! approuvé-je malgré tout. J'en prends bonne note.

Je détaille un peu plus le dessus du meuble, intrigué par sa profession. Son ordinateur portable blanc est couvert de stickers en forme de coquillages. À côté, je remarque un trépied pour son smartphone, auquel est suspendu un micro-cravate en fourrure bleu. Des Post-it de toutes les couleurs, des fleurs séchées, des cristaux et une grosse bougie verte viennent parfaire l'ensemble. À côté du bureau, il y a une petite bibliothèque avec des livres qui semblent neufs, mais aussi des savons, des fioles, des carnets et des objets artisanaux qui me font penser à ceux que j'ai repérés dans le magasin en bas. Chaque produit est étiqueté avec des gommettes.

— Qu'est-ce que tu fais exactement ?

— Je m'occupe du marketing pour la boutique. Je gère la communication sur les réseaux sociaux et tout ce qui est ventes en ligne, ainsi que la publicité. Rassure-toi, tu auras l'occasion de me voir à l'œuvre dès demain, puisque j'ai un live à 11 h.

Je crois que j'ai mis les pieds dans le repaire secret d'une influenceuse ésotérique sous acide.

— Super ! Et je vais faire quoi pendant ce temps ?

— Tu peux brosser ma fourrure, si tu veux. J'aime bien…

— Non, mais tu rêves, sac à puces !

— Hééé ! Ne sois pas si méchant avec Tchaka. Il n'est pas toujours facile à vivre, je te l'accorde, cependant, on ne lui manque pas de respect. Dans cette famille, c'est le mot d'ordre : respect.

— Et dans mon cercle infernal, c'est plutôt « ferme-la et obéis ». On va devoir trouver un terrain d'entente, j'ai l'impression.

— Comme ici c'est notre territoire, c'est notre loi qui s'applique, réplique-t-elle, péremptoire.

Je me contente de grimacer. Va savoir ce que ces deux gonzesses sont capables d'imaginer comme nouveau châtiment corporel.

Règlement intérieur : article 1, « Shane souffre ». Article 2, voir l'article 1.

— Toi, t'es ma meilleure amie, ronronne le chat.

— Oh, ne fayotte pas pour autant, Tchaka ! Tu vas l'avoir, ta boîte de thon.

— Bien ! Et si tu m'indiquais où se trouve la salle de bain, plutôt. Je sens que je vais y être tout à fait à mon aise… Surtout si ça ressemble au reste de l'appartement.

— Qu'est-ce que ça veut dire exactement ? s'agace-t-elle.

— Rien.

— Non, non ! J'ai bien détecté ce ton sarcastique dans ta voix. Je fais de gros efforts pour conserver mon calme, et me montrer enjouée. Ce n'est pas facile pour moi non plus, cette situation.

— Je te signale que je ne t'avais rien demandé !

— Oui, eh bien, si j'avais imaginé un seul instant ce qui m'attendait, j'aurais continué à nager, et je t'aurais ignoré.

— Zéro crédibilité, ma jolie ! S'il y a bien un truc dont je suis certain au sujet des sirènes, c'est que vous êtes comme les dauphins. Vous avez un putain de radar qui vous pousse à sauver tous les êtres en détresse qui ont le malheur de le faire tilter.

— C'est vrai ! Mais pour le coup, je le regrette amèrement. Si tu pouvais retourner d'où tu viens, je t'y renverrais sur le champ ! En attendant, tu n'as qu'à te débrouiller tout seul pour les subtilités de l'appartement. Et crois-moi, tu n'es pas au bout de tes surprises.

Elle s'éloigne de quelques pas, et aussitôt, mes reins hurlent de douleur. Ce sort est une laisse invisible, version sadique. Je me redresse et m'étire d'un coup en me mordant les lèvres pour éviter de crier. Zoé couine, avant de revenir vers moi. Je souffle, le plus discrètement possible.

— C'est officiel, je vais tuer Béa, ronchonne-t-elle. Peut-être que si elle meurt, son tour de magie manqué disparaîtra avec elle ?

Ou alors il s'auto-dupliquera, songé-je. *Avec ma chance, on finira liés tous les trois pour l'éternité.*

Chapitre 7

Zoé

D'un pas blasé, je guide Shane jusqu'à la chambre de Béa.

— Attends-moi ici. Sa penderie est juste de l'autre côté de ce mur. Déjà qu'elle n'a pas l'air de beaucoup t'apprécier, ce que je comprends de plus en plus…

J'inspire pour refouler la colère qui veut prendre le dessus sur mon empathie.

— Pardon ! Je n'aurais pas dû dire ça. C'était méchant et grossier.

Il pouffe.

— Si c'est ce que tu as de plus méchant et grossier en magasin, rassure-toi, j'arriverai à gérer.

— D'accord. Même si je ne sais pas si je dois te remercier ou juste ignorer cette constatation. Bon, peu importe, je crois... Reste là. Il vaut mieux que tu évites d'entrer dans sa chambre. Elle a déjà menacé de transformer un livreur en crapaud parce qu'il avait sonné deux fois. Alors toi...

— Sans doute des paroles en l'air, vu comment elle a réussi son sort de neutralisation ! Sans parler du résultat avec le placard de la cuisine...

Je fronce les sourcils, tout en cherchant une réponse bien sentie. Cependant, j'avoue qu'il n'a pas tout à fait tort... Même moi, j'ai arrêté de compter ses « expériences magiques à la finalité douteuse ».

Avec la plus grande prudence, j'avance un pied, puis l'autre, aux aguets du moindre signe de fourmillements en bas du dos, annonciateur de douleur fulgurante. Je fais coulisser la porte, puis me penche tout en bas, à la recherche du carton sur lequel elle a gentiment noté « Le Monstre » au feutre noir. Son ex, celui dont on ne doit pas prononcer le nom, n'est jamais venu le récupérer. Aussi, j'espère qu'elle ne l'a pas jeté.

Après une fouille minutieuse, je le déniche planqué sous un tas de couvertures. Shane a l'air d'être un peu plus grand que Marcelus, mais en attendant que ses affaires soient propres, ça devrait suffire.

Lorsque je ressors, avec mon chargement sur les bras, Shane se précipite pour me débarrasser. Il est drôlement galant. Si ça se trouve, il va finir par plier les serviettes en forme de cygne pour décorer la salle de bain. J'ai toujours rêvé d'apprendre sans jamais prendre le temps…

— Tu es vachement serviable pour un démon, constate aussitôt Tchaka.

— Tu ne veux pas aller faire une sieste ? lui suggéré-je. J'en ai un peu marre d'avoir un spectateur, et je pense que Shane aussi.

— Oh… Moi, j'en ai marre tout court, rétorque ce dernier.

Sa tentative de suicide me revient en pleine poire. Or, ce n'est pas juste un souvenir. C'est une onde. Un rejet brutal, un dégoût de lui-même qui me traverse de part en part comme une lame froide. Son désarroi glisse à travers ce lien invisible qui nous unit, et vient s'écraser contre mon cœur. Ma respiration s'alourdit. Mon ventre se serre, ce qui exacerbe mon empathie à son égard. Je suis ravie ! Je remercierai Béa pour ce sortilège… un jour, peut-être. Grâce à elle, je capte les émotions d'un démon en stéréo. Bienvenue sur FM Tragédie.

— Mais non ! le houspillé-je. Pendant que tes affaires seront dans la machine, tu vas te laver et te changer. Une fois que tu auras des vêtements propres, que tu te seras nourri et reposé, je suis sûre que tu te sentiras déjà beaucoup mieux. Ou au moins, un peu moins vaseux. Et peut-être même que tu vas finir par respirer sans râler.

Est-ce que ça dort et ça mange, un démon ? Ou est-ce qu'il recharge ses batteries en pestant et en broyant du noir ? Si ça se trouve, je viens de dire une énorme ânerie. Peut-être qu'il fonctionne à la mélancolie recyclée. Écologique, certes, mais pas très joyeux.

— Tu connais cette expression, je suppose : « L'espoir fait vivre. » À condition d'en avoir encore un peu, bien sûr… Toutefois, si ça peut te faire plaisir, on peut toujours essayer. Je n'ai rien de mieux à faire de toute façon.

Je le regarde, peinée.

Même si je tente de ne pas le montrer.

Tout ce que je vois, c'est un type paumé, trempé, lié à moi par une magie bancale. J'en oublie sa véritable nature. Je souhaite être assez compétente pour l'aider. Personne ne mérite de souffrir ainsi, ou de se haïr à ce point. Et si, au passage, j'arrive à lui redonner un sourire, même petit, ce sera déjà une victoire.

— Super ! Tchaka, laisse-nous un peu tranquilles, lui ordonné-je.

— Heuuu… c'est un démon, je te rappelle. Tu tiens vraiment à rester seule avec lui ?

— Je t'ai demandé l'âge que tu pèses ? Je suis une sirène, pas un mollusque. Je peux gérer un démon sans finir en carpaccio. Va squatter ton œuf, ou enquiquiner Béatrice en bas. Laisse-nous respirer, s'il te plaît. Ce lien est déjà assez étouffant sans que tu en rajoutes.

— Très bien, je m'en vais. Seulement s'il s'en prend à toi ou qu'il te fait du mal, je l'écorche vif. Et je sais d'avance que je peux compter sur Béa pour m'aider à le clouer au sol à côté d'un nid de fourmis. Tu as compris, démon ?

— J'admire ton imagination. Et oui, j'ai capté. Rassure-toi, je ne toucherai à aucune écaille de la sirène. Promis !

— Mouais...

Malgré tout, le chat disparaît la tête haute et la queue en panache. Une vraie diva féline. Il ne manque qu'un tapis rouge et un fond musical pour compléter sa sortie.

— Allons récupérer une chaise dans la cuisine, et un bouquin. Comme nous allons devoir patienter un petit moment dans le couloir, autant nous occuper. À moins que tu préfères que l'on discute à travers la porte ?

Ma question est chargée d'espoir. J'ai très envie de connaître son histoire, surtout si je souhaite tant que ça à lui apporter mon aide. Et peut-être comprendre comment on passe de « Prince des Enfers » à « locataire dans ma salle de bain ».

— C'est une douche ou une baignoire qu'il y a dans ta salle de bain ?

Et là, l'horreur me frappe. Est-il possible de se noyer volontairement dans une baignoire ?

Chapitre 8

Shane

Zoé n'a pas voulu répondre à ma question. Seulement, il y a des silences qui en disent long, parfois. Et celui-là ressemble à un panneau clignotant : « N'insiste pas, idiot. »

D'ailleurs, en poussant la porte de la salle de bain, je suis aux anges – sans mauvais jeux de mots – de découvrir la baignoire. Grande, ancienne, avec des pieds en forme de griffes, elle est entourée de plantes suspendues, de coquillages, et d'un excédent de déco qui ferait fondre en larmes un minimaliste. Sur le côté, une longue étagère en bois brut croule sous des flacons, des fioles, des bocaux… On se croirait dans l'annexe d'un alchimiste sous antidépresseurs.

Je m'interroge… Si je gobe tout et que je plonge la tête sous l'eau, combien de chances est-ce que j'ai de m'en sortir « vivant » ?

Cette baignoire, aussi grande qu'un cercueil tout confort, me tend les bras. Enfin… les pattes. Je pourrais y rester des heures. Ou disparaître en silence. Les deux me tentent bien. En plus, si je me noie dedans, au moins, ce sera dans un cadre à mi-chemin entre la déco marine et l'ésotérisme. Ce qui est plutôt sympa. Plus que le bayou.

Tout ici respire la détente, le soin, le cocooning. Tandis que moi, je suis un démon en décomposition émotionnelle. Autant dire que je détonne.

Je me désape, jette mes fringues dans le tambour de la machine à laver, puis je me mets en quête de la lessive. Une fois la poudre magique trouvée, je la fous en route pile au moment où la voix de Zoé s'élève dans le couloir.

— Tu t'en sors ?

Je souffle. Elle me parle comme si j'étais encore là. Comme si j'étais encore quelqu'un qui pouvait compter pour une autre personne. J'ai envie de la rembarrer, et en même temps, ses attentions me heurtent. J'éprouve juste quelques difficultés à déterminer si ce fracas est positif ou pas… Comme ma polarité est inversée, très souvent, le bien et le mal se confondent… Je suis toujours obligé de réfléchir à l'envers, c'est épuisant.

Or, là, je crois que c'est plutôt une bonne chose. Dans le sens commun du terme.

— Je vais gérer ! lancé-je.

Sauf que ça, c'était avant de remarquer mon reflet dans le grand miroir ovale légèrement piqué, juste au-dessus du lavabo. J'ai l'air d'un type qui a traversé l'enfer sans GPS, et qui a ramené les cendres en souvenir. J'ai les traits tirés, le teint gris, les joues bouffies, sans parler des valises sous les yeux qui doivent transporter toutes mes décennies de culpabilité. Le pire, ce sont les Post-it collés sur le cadre en bois flotté : « Pense à sourire », « tu es plus forte que tu crois », « tu vas tout déchirer ».

Comme je suis déjà en miettes, je me demande si ça compte ?

En tout cas, je suppose que je suis censé me sentir inspiré. Sans le savoir, je dois me trouver dans le rayon développement personnel de l'enfer. Or, quand je lis ça, j'ai juste envie de corriger les fautes de logique émotionnelle à grands coups de sarcasme, ou de désillusions. Je me retiens de tous les décoller pour les balancer dans la poubelle en osier.

Je me retourne, et pose mes pieds sur le tapis blanc. Enfin… initialement blanc. Au contact de ma peau, celui-ci adopte une teinte noire sur toute sa surface. Un paillasson qui juge. Génial. Même le sol a des opinions ici. Encore un coup de Béatrice la sorcière, j'imagine.

Je me penche, j'ouvre le robinet d'eau chaude, et une voix d'enfant, en provenance de la plomberie, s'élève. On n'arrête pas le progrès ! À ce stade, je m'attends à ce que le pommeau de douche me fasse une lecture d'aura.

— Tu es nouveau, toi, ici. Je sens que tu as besoin de te détendre.

Le liquide, en principe transparent, s'orne de reflets arc-en-ciel, et des scintillements s'invitent au bal. On dirait carrément des paillettes. Un sentiment de révulsion me prend aux tripes, et en même temps, un autre, très contradictoire, me pousse à me jeter dans la baignoire. Et pas pour m'y noyer... Je regarde ce bain comme un vampire face à un smoothie à la fraise.

— Laisse-toi aller ! m'exhorte Zoé. Par chance, Béa ne rate pas tous ses sortilèges. Et là, je t'assure que c'est la classe ! Ça te fera le plus grand bien.

Je suis une créature des ténèbres qui s'apprête à barboter dans un cocktail licorne. Une certaine appréhension s'inquiète des effets sur ma nature démoniaque. Après tout, ce n'est pas parce que je la rejette que je ne dois pas craindre l'inconnu !

Si je ressors avec des ailes dans le dos et une auréole sur la tête, je vais vraiment regretter l'intervention de Zoé...

Cependant, je tire la bonde, et glisse dans cette eau aux vertus magiques.

Qui vivra, verra…

Et pour l'instant, techniquement, je suis toujours en vie…

Chapitre 9

Zoé

J'ai eu beau tarabuster Shane à la sortie de la salle de bain pour savoir comment il se sentait, je n'ai obtenu qu'une série de grognements. On aurait dit Baloo sous Lexomil un lendemain de fête.

Pendant que je me lavais, j'ai entendu Béa qui l'interrogeait sur l'origine des vêtements qu'il portait. Heureusement que j'ai l'ouïe plutôt fine. J'ai intercédé en la faveur du démon depuis la baignoire, néanmoins, mon amie s'est vexée. Aussi, quand j'ai terminé, j'ai constaté qu'elle s'était éclipsée. Sans doute pour aller boire un coup au bar, à quelques mètres de la maison. Elle fait toujours ça lorsqu'elle est contrariée. C'est limite si elle n'a pas une table réservée au Blues Gordon's Café, avec son nom gravé et un verre déjà rempli.

Cependant, je ne m'inquiète pas. Je sais que ce qui la chiffonne le plus, c'est de remuer des souvenirs de Marcelus. Ce vampire lui a brisé le cœur, et elle a beaucoup de mal à s'en remettre. En même temps, tomber amoureuse d'un type qui ne vieillit jamais, c'est risqué pour l'estime de soi.

Mon peignoir bleu ciel sur le dos, et ma serviette préférée enroulée sur la tête, celle où il est brodé « Reine des bulles », j'escorte le démon jusqu'à ma chambre.

J'appréhende. D'ordinaire, je ne ramène pas d'hommes à la maison. Je crois que quelque part au fond de moi, je suis toujours une invitée chez Béa. Du coup, j'aurais l'impression de lui manquer de respect. Pourtant, nous en avons longuement discuté lorsque je sortais avec Tyler. Par chance, il jouait du saxophone, écoutait beaucoup de disques de jazz, et se passionnait pour la pousse des papyrus. Toutes de bonnes excuses pour dormir dans son appartement, puisque ses plantes nécessitaient la plus grande attention, et que Béa déteste le jazz. En plus d'étudier le langage des oiseaux, un passe-temps comme un autre, mais que je trouvais étrange... Je ne parle pas aux poissons, moi... Bref ! Tyler souffrait de maladresse. Tout ce qu'il touchait finissait inévitablement par terre. En clair, pas question de le laisser intégrer mon sanctuaire avec tous mes objets précieux. À la fin, j'avais l'impression de vivre avec une tornade déguisée en saxophoniste dans un jardin égyptien. Il m'agaçait tellement, que je l'avais surnommé Monsieur Parkinson. J'ai eu du mal à couper les ponts avec lui. Il était plus collant qu'un poulpe en manque d'affection.

Les pas de Shane résonnent dans mon dos, en décalage avec le parquet qui craque sous mes pieds. Je n'ose pas me retourner pour le regarder. La tension qui envahit le couloir est déjà assez pesante.

J'ouvre la porte, et j'avance vers mon lit éclairé par les rayons lunaires qui filtrent à travers la fenêtre ronde juste au-dessus. La vue sur les toits et le faubourg Marigny m'apaise. J'actionne l'interrupteur de la lampe de chevet en forme d'hippocampe, puis je jette les coussins un à un sur le coffre en bois. Ensuite, je tire la couverture bleu nuit, que ma mère m'a tricotée avant de quitter Marseille.

Je suis si gênée que je n'arrive pas à accorder la moindre attention à Shane. Reproduire les gestes du quotidien, comme s'il n'était pas là, m'aide à conserver un peu de ma zen attitude. Malgré tout, l'électricité dans l'air se traduit par des picotements le long de ma colonne vertébrale, et des tremblements discrets dans mes membres.

Du coin de l'œil, je le vois s'avancer vers la petite banquette étroite. Sa tête heurte la guirlande en coquillages au-dessus. Le cliquetis brise le silence. On dirait une alarme déclenchée par inadvertance.

— Le coussin est un peu fin, mais ça devrait faire l'affaire, remarque-t-il. Sinon, il y a ce fauteuil...

— Il est bancal, et en plus, à chaque fois que tu vas bouger, il va émettre un grincement... À l'image d'un vieux pirate qui proteste contre la retraite.

— Ou un démon que l'on a sauvé de la noyade contre son gré, rebondit-il.

Je souris malgré moi.

— La comparaison est correcte. Je valide, m'amusé-je. Seulement, sache aussi que si Tchaka décide de venir dormir ici, il va revendiquer sa place. Quant à la banquette, tu ne tiendras pas dessus. Ou bien, il faudra que tu te recroquevilles, et que tu évites de te tourner. Sinon, ce sera la chute assurée.

— OK. Il ne reste plus que le plancher, alors. Ton tapis en fausse fourrure a l'air douillet.

Il récupère un des coussins sur le coffre.

— Il est là pour me rappeler la sensation du sable sous mes pieds avant de dormir ou quand je me lève. Pas pour accueillir un démon en quête de confort. Et puis, le lit est assez grand pour nous deux.

— Tu es sûre ?

— Non, mais nous n'avons guère le choix.

Je lui tourne le dos, et entreprends de me mettre à l'aise. Ou en tout cas, autant que possible… Je retire ma serviette, puis je détache la ceinture de mon peignoir. Je lisse machinalement la soie de ma chemise de nuit, avant de m'asseoir au bord. J'enlève mes pantoufles, et laisse mes orteils glisser entre les fibres du tapis. Les yeux fermés, j'attends que la magie des souvenirs de la mer Méditerranée remonte.

Or, une masse qui m'entraîne vers l'arrière bloque le processus. Le vieux matelas s'enfonce un peu trop du côté de Shane. Résultat : je vais devoir me mettre bien au bord du lit, si je ne veux pas me retrouver plaquée contre lui. Merveilleux ! Me voilà coincée avec un démon sur un matelas qui fait des vagues. Littéralement. Si ça, ce n'est pas une métaphore de ma vie amoureuse, je rends ma couronne de Reine des bulles.

Chapitre 10

Shane

Droit comme un I, je fixe le plafond en m'efforçant de rester immobile. Zoé s'est éloignée de moi le plus possible, en me tournant le dos. Le matelas penche de mon côté, comme s'il avait choisi son camp. Qu'il est con ce matelas ! Il devrait la soutenir elle plutôt que moi. C'est elle qui m'a sauvé et qui a envie de croquer la vie à pleines dents. Moi, je ne suis qu'un poids mort qui attend qu'on le libère pour reprendre son activité favorite : chercher le moyen de mettre un terme à sa misérable existence.

Du coin de l'œil, j'aperçois ses longs cheveux ambrés. Tout comme moi, Zoé n'arrive pas à se détendre, c'est évident. Je suis resté sur la couverture. Malgré tout, je ressens la chaleur de son corps, et surtout sa présence. C'est comme une tension dans l'air. Une onde. Elle ne dort pas. Son souffle est trop court et régulier pour être naturel. Trop maîtrisé. Comme si elle répétait la partition du calme.

Je tente de faire pareil, cependant une fanfare a élu domicile dans mon cerveau. Et elle ne joue pas une jolie berceuse, non ! Juste un brouhaha incessant et désagréable. Pensées, souvenirs, regrets, sarcasmes. Tout le monde est invité à la fête, et personne ne veut s'en aller. Quelle éclate !

— Tu dors ?

Sa voix est basse. Presque neutre. Elle tente de dissimuler ses émotions, sans succès.

— Non.

— Moi non plus.

Silence. Je pourrais faire une blague pourrie, du genre : je m'en doute, sinon tu ne me questionnerais pas... Mais le moment est mal choisi.

— Tu veux qu'on parle ?

J'hésite... Puis, je jette un coup d'œil dans sa direction. Elle me tourne toujours le dos. Malgré tout, sa voix flotte entre nous.

— Parler de quoi ?

— Je ne sais pas... De toi, peut-être.

Je fronce les sourcils.

— Je n'ai rien d'intéressant à raconter.

— Mais si ! Je suis sûre du contraire. Rien qu'un peu, d'accord ? Je n'ai jamais dormi avec un inconnu. Je crois que ça m'aiderait...

Elle souhaite papoter pour se détendre alors que moi, je rêve du silence éternel. Ironique, non ?

Je souffle.

— Tu n'es pas obligé. Après tout, je t'ai juste sauvé la vie. Seulement, j'aimerais bien comprendre.

Je soupire. Pas d'agacement. De lassitude.

— Qu'est-ce que tu veux comprendre ?

— Eh bien... j'aimerais savoir pourquoi ? Pourquoi tu as eu envie... Qu'est ce qui t'a poussé à...

Elle ne termine pas ses phrases. Les mots restent suspendus entre nous.

Je ferme les yeux pour me donner un peu de courage.

— À sauter du pont ? Tu peux le dire, tu ne me vexeras pas.

— Pff. Mais... oui, c'est ça...

Ces murmures sont chargés de curiosité, et surtout d'inquiétude.

— C'est compliqué, éludé-je d'abord. Enfin... non, ce n'est pas vrai...

Je marque une pause.

— C'est plutôt... une saturation.

Bien qu'elle reste mutique, je sais qu'elle m'écoute. Elle attend juste la suite, en silence.

— Tu as une petite idée de ce que ça fait, de se sentir de trop ? De ne pas trouver sa place dans ce monde ?

— Tu parles à une sirène qui, en dehors de sa propre mère, n'en a jamais croisé d'autres. Alors, oui, j'en ai bien conscience. Malgré tout, je ne crois pas que ce soit une raison suffisante pour...

Une fois de plus, elle me laisse imaginer la fin de sa phrase.

— Hum... Et de ne plus savoir à quoi tu sers ? Surtout quand ce que tu es obligé de faire au quotidien c'est de tromper les gens pour les envoyer en enfer...

— Ce n'est pas une compétition, non plus ! précise-t-elle. Mais... je ne comprends toujours pas. Ce n'est pas dans ta nature de faire ça ?

Elle a raison, il n'y a pas de rivalité entre nous...

— Ça devrait. Seulement, comme je te l'ai dit, je travaille en surface, et j'appartiens au 5e cercle. Cela signifie que je fais partie des plus minables. De ceux qui se font chahuter par les autres, par ceux qui ont réussi et qui prennent leurs missions au sérieux. J'ignore pourquoi, mais je ne me suis jamais senti à ma place. Peut-être parce que...

Elle bouge. Le matelas ondule un peu, pendant que je reste bien immobile. Zoé a adopté la même position que moi, ce qui fait que je peux voir son profil à présent.

— Parce que quoi ?

Je grimace en me mordant la lèvre inférieure. Je n'ai jamais raconté mon histoire, à personne.

— Les autres... En tout cas, ceux avec qui j'ai discuté... ils ont tous un passé sombre. Moi, dans ma vie d'humain, j'étais un type lambda.

— Alors, comment tu t'es retrouvé là ?

Cette fois, elle m'observe. Non content d'avoir senti sa tête pivoter d'un mouvement vif dans ma direction, le poids de son regard pèse sur ma petite personne. À mon tour, je lui tourne le dos.

— J'ai envie de dormir, maintenant.

C'est un piètre mensonge. Mes yeux sont grands ouverts, et le sommeil est sans doute parti en vacances, quelque part sur une plage, où il sirote des cocktails. Le veinard !

— Menteur ! Mais je vais faire comme si je te croyais. Nous en reparlerons quand tu seras prêt. En tout cas, tu es là, et j'en suis bien contente.

Comment peut-elle se réjouir de cette situation ?

— Par accident, grogné-je.

— Peut-être. De ton point de vue... Il n'empêche que tu es quand même là.

Je pouffe.

— Parce que tu penses que ça change quelque chose ?

— Si j'arrive à te faire voir la vie sous un autre angle, je crois que c'est possible.

— Tu crois beaucoup de choses.

— C'est mon métier.

— C'est un métier d'être une sirène ?

— Mais non, idiot ! s'amuse-t-elle. Espoir ambulant.

Le sourire que j'entends dans ses mots me force à l'imiter.

— Tu veux que je t'avoue un truc ?

— Je t'écoute, Shane.

Mon prénom dans sa bouche… il sonne comme une promesse. Il… m'humanise.

— Je ne sais pas pourquoi je suis encore là. J'aurais pu tenter quelque chose pendant que j'étais tout seul dans la salle de bain. J'y ai songé…

— Et c'est bien que tu ne l'aies pas fait. Parce que je te l'ai dit et je le maintiens, je suis contente que tu sois ici, avec moi.

Je reste silencieux.

Pas parce que je n'ai rien à répondre, non ! C'est juste que je ne sais plus comment on fait, quand quelqu'un vous parle avec ce ton-là.

— Tu veux qu'on discute d'autre chose ?

Je ne vais pas lui avouer que ça m'est égal.

— Si tu en as envie…

— Tu aimerais choisir le sujet ?

— Non.

— Très bien ! Alors, je me jette à l'eau.

Elle réfléchit.

— Tu crois que Tchaka nous espionne ?

Je cligne des yeux. Je m'attendais à quelque chose de sérieux ou à une confession mystique, et voilà qu'elle me sort un truc loufoque. Je lâche un petit rire sec.

— C'est probable, surtout que tu as laissé la porte entrebâillée.

— Si je ne le fais pas, il miaule au milieu de la nuit pour que je lui ouvre.

— Alors, il est sûrement en alerte rouge.

On rit. Pas fort. Mais ensemble.

— Tu veux que je te raconte un souvenir ridicule ? Même si j'ignore pourquoi je pense à ça, maintenant.

— Bien sûr !

— Quand j'étais petit, je rêvais de devenir magicien.

— Genre avec des cartes ? Parce qu'on est d'accord que tu étais humain, avant ?

— C'est exact. Mais ce n'était pas cette partie-là des tours qui m'intéressait. Je voulais jeter des sorts.

— Pas comme le dernier de Béa, je suppose ?

On rit à nouveau.

— Ça, c'est sûr que non. Et puis, j'avais plus d'ambition.

— Et donc ? m'encourage-t-elle.

— J'ai essayé de transformer mon hamster en dragon. Je rêvais d'avoir un dragon pour voler sur son dos à travers les nuages.

— Résultat ?

— Il a éternué. Et moi, j'ai pleuré pendant trois jours en pensant que je l'avais rendu malade, et qu'il allait mourir.

Elle rit.

— Ce n'est pas ridicule. C'est mignon. Tu étais un petit garçon sensible.

— Ouais… confirmé-je, blasé. Je suis un paradoxe ambulant.

— J'aime bien les paradoxes, s'enthousiasme-t-elle.

— Hum… Moi, j'ai plutôt tendance à les subir.

Un doux silence s'installe entre nous, un peu comme une pause entre deux vagues.

— Tu en sais assez pour pouvoir dormir, maintenant ? m'inquiété-je.

— Je crois. En tout cas, je suis plus sereine pour essayer. Merci de m'avoir parlé.

— De rien.

Je la sens qui se retourne, et nous nous retrouvons dos à dos. Pas collé, mais j'ai l'impression plus proche qu'au départ…

— Bonne nuit, Shane.

— Bonne nuit, Zoé.

Si j'arrive à dormir, c'est que les miracles existent vraiment.

Chapitre 11

Zoé

Mon réveil sonne, et comme à l'accoutumée, je l'écrase d'un mouvement brusque. Comme toujours, c'est insuffisant pour le faire taire, même si le geste est assez savoureux. J'ouvre donc les yeux, plus par obligation que par envie, puis je désactive l'alarme de mon téléphone.

Un jour, je trouverai le réveil parfait. Celui qui comprend le langage des sirènes : « Cinq minutes de plus » signifie « laisse-moi rêver de la mer ».

Durant un instant, je cherche pourquoi je suis si fatiguée. D'ordinaire, j'émerge en étant plutôt pimpante et enjouée. Là, je parierais que j'ai dormi sur le bitume. En plus, je me sens vaseuse, ce qui est loin d'être l'idéal pour une sirène.

Je commence à rembobiner le film de la soirée d'hier, quand une pensée saugrenue, une réflexion fantasque et dépourvue de sens, s'impose dans mon esprit. J'ai même l'impression qu'elle ne m'appartient pas, comme si elle m'était dictée par un inconnu : « Je suis trop nul… Je ne sers à rien à part à pourrir la vie de tous les gens qui m'approchent de trop près. »

Oh ? Bonjour, la station « Tristesse FM ». L'antenne du lien capte haut et clair…

Et là, tout devient limpide ! Je perçois de nouveau sa présence derrière moi. Le matelas qui penche légèrement vers lui, ce qui explique pourquoi j'ai mal au dos. J'ai passé toute la nuit au bord du lit, sans bouger une oreille. Je crois que j'ai battu le record olympique de la position « sirène momifiée ». Je remporte la médaille en mousse haut la main.

En tout cas, s'il commence ses journées de cette manière, ce n'est pas surprenant qu'il ait envie d'en finir.

Je me redresse, non sans grimacer tant mes reins crient au supplice, et dirige lentement les yeux vers lui. Il fait semblant de dormir. Son bras est replié sous sa tête, son dos un peu voûté, et ses sourcils froncés comme s'il négociait un contrat avec ses monstres intérieurs. Je soupire. Je suis censée me concentrer sur ma routine matinale, pas sur les fluctuations émotionnelles d'un démon en réhabilitation. Pourtant, si je l'ai ramené ici, c'est pour l'aider…

On fera les deux, Zoé. Respire, et soutiens-le. Dans cet ordre.

— Tu devrais éviter de commencer tes journées en ruminant du négatif.

Il ouvre les yeux, surpris.

— Comment sais-tu à quoi je pensais ?

— Je suppose que c'est de la faute du lien.

— De Béatrice, tu veux dire.

— On ne va pas chipoter de bon matin. Tu viens ? Je dois me préparer.

Quelle plaie tout de même ! L'intimité est devenue un concept très théorique. Trop ! Ce qui ne me met pas dans les meilleures dispositions. J'ai un live super important à 11 h, j'ai donc tout intérêt à lire mes citations motivantes et à me concentrer. La première chose est de sourire. C'est la règle numéro un dans mon manuel de survie.

Je me lève, tandis que Tchaka surgit en mode ninja.

— Je vous conseille d'être discrets. Béa est rentrée tard, et elle porte ses lunettes de soleil à l'intérieur.

— Oh ! c'est mauvais signe, en effet, approuvé-je.

— La sorcière a la gueule de bois ? s'amuse Shane. Si c'est sa punition pour avoir raté son sortilège, c'est une piètre consolation.

— Souviens-toi qu'elle ne l'a pas fait exprès, et que son intention était bonne. Si tu te levais au lieu de dire des méchancetés.

J'enfile mon peignoir, puis je me dirige vers le couloir, quand de petits fourmillements au bas du dos me rappellent à l'ordre. Je recule aussitôt d'un pas.

— J'arrive, bougonne-t-il. Putain ! Cette douleur mériterait de figurer sur la liste des tortures de l'enfer.

— Très drôle, pouffé-je malgré moi.

Note à moi-même : ajouter « ne pas s'éloigner de Shane » à la to-do du matin, juste sous « ne pas oublier de sourire ».

— Je crois que vous êtes les pires colocs de l'histoire, nous nargue Tchaka.

— T'as pas des serpents venimeux à aller enquiquiner ? lui suggère Shane.

Je me retiens in extremis de rire. Pour m'y aider, je claque ma langue contre mon palais.

— Tsk ! Si tu allais retrouver Béa plutôt ? Elle pourrait avoir besoin de toi, non ?

— Pff ! Tu sais bien que lorsqu'elle est dans cet état, tout ce qu'elle souhaite, c'est rester seule.

— Eh bien, va chasser les oiseaux sur le balcon, dans ce cas. On n'avait pas besoin de toi hier soir, on n'en a toujours pas besoin ce matin.

— Tu vois, Shane ? Il n'y a pas que ta vie qui est pourrie. Tu ne voudrais pas faire un échange, par hasard ?

Le chat tremble, signe que Béa lui parle par télépathie. Aussitôt, il nous tourne le dos, et s'en va, la queue haute. Diva féline, acte II. Tapis rouge imaginaire inclus.

Le démon sur mes talons, je file dans la salle de bain. J'abandonne Shane dans le couloir, où nous avons pris soin de laisser la chaise, et je commence ma routine. Brossage de dents, splash d'eau froide, crème hydratante à la lavande, pendant que je me parle à voix basse pour me motiver.

— Tu es une sirène merveilleuse, une entrepreneuse, une femme puissante. Ta vie est parfaite et tu vas gérer ce live comme une déesse des mers.

— Tu t'encourages ? Sérieux ? me lance Shane de l'autre côté de la porte.

Je me vois rougir dans le miroir. Malgré tout, je ne me démonte pas.

— Tu devrais essayer. Ça ne peut pas te faire de mal !

— Je n'en suis pas aussi sûr. Mais admettons. Je suis un démon...

Je m'arrête, ma jupe encore ouverte autour de ma taille. Je n'ai pas entendu la suite. Ou bien la cherche-t-il ? Une lueur d'espoir insensé s'illumine ! Et si le sortilège était levé et qu'il s'était enfui ?

Je finis de m'habiller en quatrième vitesse, et sors de la salle de bain.

Perdu…

Assis toujours à sa place, Shane me lance un regard contrit. Mon cœur se ratatine. Je regrette déjà d'avoir souhaité son départ. Il a une si mauvaise opinion de lui, qu'il n'arrive pas à formuler un seul compliment, ou bien quelque chose de vaguement positif.

— Tu es un démon sympa, très séduisant, avec beaucoup de charisme, qui va passer une super journée.

Je réalise la portée de mes paroles lorsque ses lèvres s'étirent en un sourire malicieux.

— Alors comme ça, tu me trouves séduisant ? rétorque-t-il en se levant.

Il plonge ses yeux verts dans les miens, et une bouffée de chaleur m'envahit.

— Euh… oui… non… enfin… c'était surtout… une suggestion. Un mantra positif pour t'aider à reprogrammer ton cerveau.

— Tu es au courant que je ne suis pas un ordinateur ?

— Il n'empêche qu'en développement personnel, on parle de modifier ses pensées. Je trouve que ce n'est pas une si mauvaise comparaison. Maintenant, file te préparer ! Je te l'ai dit, j'ai beaucoup de travail aujourd'hui. Je n'ai pas encore pris mon petit déjeuner ni fait ma séance de méditation. Tiens ! Ça, c'est une bonne idée ! Tu vas méditer avec moi.

Il rit, et même si j'ai déjà entendu ce son hier soir, je réalise que je l'aime bien. En fait, je pourrais facilement m'y habituer.

— Ça, c'est une bonne idée ? Tu es sûre ? Je crois qu'il te manque des écailles, ma sirène. Tu ne me verras jamais assis pour imiter une fleur de lotus, les mains sur les genoux, en train de gober du vide.

Je suis effarée ! À tel point que je n'arrive pas à choisir sur quoi je dois rebondir en premier.

— Quand tu auras trouvé une réponse, tu sais où je suis ! À moins de dix mètres de toi.

À son tour, il s'enferme dans la salle de bain, et me plante là, comme un vieux ficus défraîchi.

Je souffle.

Reste zen, Zoé, même quand un démon te transforme en plante d'intérieur.

Chapitre 12

Shane

Ouf ! Enfin seul ! Je vais pouvoir souffler un peu. Cette nuit a été un supplice. C'est la première fois que je me retrouve coincé dans un lit avec une aussi belle femme sans pouvoir la toucher. Le pire, c'est cette façon qu'elle a de me remettre sur les rails. Cette sirène s'apparente à un doux électrochoc pour mes neurones déglingués.

Je m'appuie sur le lavabo, en fixant mon reflet dans le miroir piqué. Toujours ce type largué… Celui qui a traversé l'enfer sans GPS, et qui a ramené les cendres en souvenir. Mais ce matin, il a les cheveux en bataille, un début de barbe qu'il rêve de raser, et une sirène dans son périmètre d'action. Et même de pensées, maintenant !

C'est pathétique.

Ou poétique ?

J'hésite.

Zoé choisirait la seconde option, c'est certain. Pourquoi est-ce que je cherche à savoir ce qu'elle dirait tout à coup ?

Symptôme no 1 de contamination lumineuse via le lien magique : « Que dirait Zoé ? »

— Il ne me manque aucune écaille ! C'est quoi, d'ailleurs, cette drôle d'expression ? Je ne l'avais encore jamais entendue. En plus, je ne suis pas ta sirène. Et dernier point et pas des moindres : oui, c'est une excellente idée.

Pris de soubresauts pour contrôler mon besoin d'exploser de rire, je baisse la tête en portant une main vers ma bouche. J'appuie fort sur mes lèvres pour m'assurer qu'elle ne capte rien, mais j'ai trop envie de me marrer.

Note pour plus tard : ne jamais sous-estimer le répondant d'une sirène motivée, même s'il arrive avec du retard.

Je souffle, pour prendre mon élan et pouvoir rétorquer.

— Ce n'est pas toi, hier soir, qui disais que j'avais quatre à cinq secondes de décalage ? Corrige-moi si je me trompe, mais les quatre ou cinq secondes sont très largement dépassées, non ?

— Hum ! Très drôle ! Et si au lieu de faire le malin tu te lavais ? Je ne t'entends pas beaucoup t'agiter, là-dedans. Je te rappelle que j'ai un programme hyper chargé.

Mon allégresse retombe comme un ange parachuté par erreur en enfer.

J'attrape la brosse à dents rouge que Zoé a déballée hier soir exprès pour moi, et une fois ma besogne terminée, je passe les doigts dans mes cheveux pour les discipliner un peu. Je me redresse, en regrettant toujours le manque de rasoir. Ces dames n'utilisent que de la crème à épiler… Je suis à deux doigts d'essayer de me raser avec une spatule en plastique, ou de tenter un rite vaudou pour faire tomber les poils – avec tous ces produits et ces solutions qui m'entourent, je devrais y arriver. Mauvaise idée ! Trop d'inconnues dans l'équation. Autant en revenir à la spatule !

Je m'arrose le visage avec un peu d'eau, et me demande si je suis censé me sentir mieux.

Spoiler alert : la réponse est non. En tout cas, pas vraiment…

Mais au moins, je suis propre. À l'extérieur… Parce qu'à l'intérieur, c'est toujours un buffet à volonté de culpabilité bouillante et d'ironie glaciale. Dans le grand restaurant du remords, c'est service continu, et sans réservation.

Quand je sors de la salle de bain, le front de la sirène est tout plissé, à cause de ses sourcils froncés.

— Ah ben, enfin ! Ce n'est pas trop tôt ! Je croyais que les hommes étaient plus rapides que les femmes le matin.

— Tu n'as jamais eu d'hommes dans ta vie ? m'étonné-je.

— Mais si ! Bien sûr que si ! Seulement, je n'ai jamais été obligée de faire le pied de grue devant la porte de leur salle de bain.

Elle prend ma main, et m'entraîne vers la cuisine. Ce contact, qui semble si naturel pour elle, m'électrise. Tout en me laissant guider, je secoue la tête comme pour retrouver mes esprits.

— Et encore, je ne me suis pas rasé, précisé-je narquois.

Voilà ! Cette répartie me rassure. Elle me prouve que cette sirène n'annihile pas complètement mes facultés mentales. Ouf ! L'espace d'un instant, j'ai cru qu'elle avait un peu trop d'emprise sur moi. Ce sont les démons qui ont de l'influence sur les autres, pas le contraire !

Je suis un démon, bordel !

De bas étage, et... trop doux... trop gentil... en clair, pas assez sadique d'après mes congénères, mais un démon quand même ! J'appartiens à l'élite du remords, pas du massacre. On fait ce qu'on peut avec son CV.

— Ah oui ! Nous passerons une commande en ligne, tout à l'heure. Ni Béa ni moi n'aurons le temps d'aller faire du shopping aujourd'hui.

La fameuse Béatrice. Nous la retrouvons dans la cuisine, affalée sur une chaise, les coudes sur la table, la tête entre les mains.

— Tu as dormi ici ? lui demande Zoé.

La sirène me libère, et se dirige vers le frigo, d'où elle sort un grand pichet d'eau citronnée. Elle récupère aussi la corbeille de fruits, sur le dessus.

— Non, marmonne-t-elle. J'ai fusionné avec le bar. Je suis revenue par téléportation.

— En clair, elle ne se souvient pas de comment elle est rentrée, me traduit Tchaka, perché sur le tabouret au coussin orange, dans le coin de la pièce.

— Tu as bu quoi ? enchaîne Zoé.

Elle a une façon d'ignorer le chat qui m'épate. Il faut dire qu'elle s'affaire à préparer les fruits pour, a priori, les jeter dans l'énorme blinder qui trône au centre du plan de travail.

— Un cocktail qui s'appelait *Le Vampire Repenti*, à base de rhum et de canneberge. Une édition limitée à l'occasion du carnaval.

Comme tout le monde se fiche également de moi, je décide de m'asseoir.

— Et limité en dignité aussi, il semblerait, ironisé-je.

Zoé me jette un regard noir, avant de reporter son attention sur sa coloc.

— Et il t'a repentie ? poursuit la sirène.

— Pas vraiment... J'ai plutôt l'impression qu'il m'a dépecée avant de me passer au mixer.

Zoé attrape un grand verre sur une des étagères, qu'elle remplit d'eau citronnée, pendant que la sorcière grogne comme une créature mythologique en décomposition.

— Tu as vu l'heure ? lui demande-t-elle en posant la boisson sous son nez.

— Ooohhh... Ne me parle pas d'horloge, s'il te plaît. Rien que d'imaginer les aiguilles tourner, j'ai le mal de mer. Je suis hors du temps, là.

— Béaaaa... Il est déjà presque 9 h. Et tu es loin de sentir le jasmin, ou d'être en état pour ouvrir la boutique.

Le ton de la sirène révèle son inquiétude.

— Je sais. Je vais me laver et descendre. Laisse-moi juste me réincarner d'abord.

Tchaka saute sur ses genoux, ce qui provoque un juron étouffé.

— Traître ! Tu fais partie du complot, c'est ça ?

— Mais non ! Je t'aime, moi !

— Ouais, c'est ça...

Elle avale son eau citronnée d'un seul coup, puis en reposant son ventre, elle grimace et frissonne.

— Beurk ! C'est toujours aussi dégoûtant.

— Mais très efficace pour ce que tu as ! réplique Zoé en mettant le blinder en route.

— Oooooh ! Pitié…

— Eh bien, va te préparer ! la houspille Zoé.

Le chat saute au sol, pendant que Béa donne l'impression d'exécuter une tâche herculéenne. Elle se lève, et sans même m'adresser un regard ou un son, elle sort de la cuisine, suivie de près par son familier.

— C'est comme ça tous les matins, chez vous ? Parce que j'ai le drôle de sentiment d'avoir atterri dans une sitcom.

— Bienvenue dans notre vie, lance Zoé, les bras écartés. Au programme smoothie, gueule de bois et sarcasme. Ça nous résume plutôt bien, tu ne trouves pas ?

— Si tu l'dis… Tu n'aurais pas du café, s'il te plaît ?

— Non ! Pas pour toi ! Tu n'as pas besoin de ce genre d'excitant.

— Je te rappelle que je suis un démon, pas un moine zen.

— Oh, ça ! Rassure-toi. Je ne suis pas près de l'oublier.

— Permets-moi de te dire que ce n'est pas flagrant.

Elle hausse les épaules, puis arrête le blinder. Sur une des étagères, elle attrape deux grandes chopes agrémentées d'un couvercle en métal percé et d'une paille. Ensuite, elle verse le liquide orangé à l'intérieur, referme et m'en tend une.

— Banane, orange, citron, avec une pointe de gingembre. Un plein de vitamines et d'énergie.

Tu m'en diras des nouvelles. Maintenant, tu vas m'accompagner au salon. On va s'installer pour la séance de méditation.

— Ah, mais parce que tu penses qu'on va vraiment le faire, en fait ?

— Je ne fais pas que penser, Shane. J'en suis convaincue.

Elle me passe sous le nez, armée de sa chope au cocktail survitaminé. Et je sens bien que si je n'obtempère pas, une exquise douleur au bas du dos va m'y contraindre. Donc, sans attendre une seconde de plus, je lui emboîte le pas.

— Je croyais être un invité ici, à la base... ronchonné-je. Finalement, je suis devenu un prisonnier.

Elle me jette un regard en coin, comme pour s'assurer que je la suis. Mais ai-je le choix ?

— Et tu vas voir que le bagne dans les mines de sel, c'était de la gnognotte à côté du sort que je te réserve, réplique-t-elle.

Je tique.

— Tu es sûre que tu es une sirène ? Je me demande si tu n'aurais pas quelques gènes démoniaques qui traînent par là.

— Peut-être que tu m'inspires...

Ah ben... voilà autre chose, maintenant !

Je la suis, la chope à la main, le dos raide et l'ego froissé. Et à cet instant, une pensée – qui j'en suis certain, ne m'appartient pas – me traverse : « Il est mignon quand il râle. »

Je m'arrête net.

— Zoé ?

— Oui ?

J'hésite.

— Non, rien. Laisse tomber.

Arrivée dans le salon, elle m'indique où m'installer. Je m'assois en tailleur sur le tapis, et je me dis que si l'enfer avait une version domestique, elle ressemblerait à ça : smoothies, méditation, et une sirène qui me donne des ordres avec le sourire.

Mais quel putain de sourire...

Arme de destruction massive, catégorie « fossettes ».

Et dire qu'il n'existe aucun bouclier contre ça.

Chapitre 13

Zoé

Je pose mon téléphone entre nous, écran tourné vers le plafond, et lance ma playlist « méditation guidée – niveau débutant, mais motivé ». La voix du coach s'élève, douce et grave, accompagnée d'un fond musical à base de clochettes et de vagues synthétiques. Shane me jette un regard en biais, comme si j'étais sur le point de l'initier à un rituel satanique... Même si, à la réflexion, il serait sans doute plus à l'aise avec cette idée.

— Tu vas voir ! C'est hyper simple. On respire, on se détend, et on laisse passer les pensées. Tu les observes comme des voitures qui circuleraient en file indienne devant toi. Et sans jugement surtout !

— Est-ce qu'on se transforme en tofu après ?

Je souffle, et mes épaules s'abaissent. D'un geste vif, je mets l'audio en pause.

— Je ne sais plus où j'ai lu ça... ni de qui est cette citation à dire vrai, mais quelqu'un a dit que la méditation ne lui avait rien apporté.

— Ah ouais ! C'est vachement utile, en fait !

— Rhooo... mais laisse-moi terminer. Par contre, il a perdu la colère, la dépression, la folie, la peur d'être vieux et celle de mourir. Donc, je te réponds, oublie le tofu, et fais comme moi. Tu as devant toi une sirène zen.

— Alors, d'une part, je ne peux pas vieillir. Ensuite, je n'ai absolument pas peur de la mort... mais pour cette partie-là, on ne va pas revenir sur le sujet du sauvetage pour lequel je n'avais rien demandé. Et pour finir, je suis un démon. Je ne me transformerai jamais en sirène, c'est sûr et certain.

— J'avoue que ces arguments ne fonctionnent pas avec toi, mais tu veux épiloguer sur la colère et la dépression, ou tu préfères méditer ?

— Si tu me laisses le choix, je préf...

— Non ! C'était une question rhétorique.

Je lance de nouveau l'audio, place mon dos bien droit, les mains posées sur mes genoux, paumes vers le ciel. Shane m'imite, avec une grâce très discutable...

Cependant, je ne relève pas. La base de cette activité, c'est de faire de son mieux. Il n'est en aucun cas question d'une compétition. Donc, je ferme les yeux, et me laisse emporter par la voix du coach qui nous invite à inspirer profondément.

Shane obéit en respirant comme un phoque enrhumé, et j'ignore pourquoi, mais je redoute une réaction de sa part.

— Et là, j'parie qu'il va nous dire d'expirer.

Voilà… Ça, c'est fait…

— Shane… soufflé-je, un peu désabusée.

— Quoi ? Je suis juste en avance sur le programme.

— Respire en silence, s'il te plaît.

Je tente de me reconcentrer. La voix du coach parle de « lâcher prise », de « laisser couler les tensions comme un ruisseau ». Je visualise l'eau qui circule et s'enroule autour des pierres de la petite rivière. Elle s'adapte pour franchir les obstacles, tout comme je dois le faire avec ce démon… qui éternue.

— Pardon. C'est de la faute du gingembre. Il m'a agressé de l'intérieur.

Mutique, j'ouvre un œil. Il me regarde, l'air tout penaud. Je réprime un sourire, et me contente de soupirer. Je suis censée me détendre. Or ce matin, ce n'est pas gagné. Il mime une fermeture éclair sur ses lèvres, puis se remet en position.

Bien. Zippe. Inspire. On y retourne, songé-je.

La voix du coach nous invite à visualiser une plage de sable fin, quand une pensée me fracasse la tête.

Elle est comme moi, quelque part. Seule dans ce monde qui ne lui correspond pas, et pourtant elle garde le sourire. Elle rayonne même. C'est si violent qu'elle m'éblouit.

Dans un sursaut, je rouvre les yeux. C'est Shane qui a cette vision de moi ? Les mots me transpercent, à la fois doux et véhéments.

Je le regarde, tandis qu'il conserve les paupières fermées. Son front est plissé. Je pose une main sur mon cœur, comme pour vérifier que tout est encore à sa place. C'est curieux d'être mise devant un fait douloureux de cette manière, tout en se sentant comprise. Et j'ai aussi l'impression que c'est une occasion favorable pour continuer la conversation d'hier soir.

Je stoppe l'audio.

— Euh... Pourquoi tu as arrêté ? s'étonne Shane.

— Tu viens de penser que j'étais seule, comme toi ?

Il hésite.

— Je... je crois. Je t'avoue que là, j'étais allongé sur un transat, à la plage, sous les cocotiers, et...

— Tu cherches à détourner la conversation. Je suis pourtant convaincue que ça te ferait du bien de libérer ce que tu as sur le cœur.

Il saute sur ses pieds, et se lève presque d'un bond.

— Oh ouiiiii… Bien sûr, madame la sirène ! s'énerve-t-il. Parce que ta vie est parfaite, sans doute ? C'est pour ça que tu as quitté la France, et que d'après ce que j'ai compris, tu ne parles plus à ton père ?

Je suis tellement surprise par son agressivité, que je mets quelques secondes à réagir. Je récupère mon portable, puis je me lève à mon tour.

— Aucune vie n'est parfaite, figure-toi, si c'est ce que tu imagines. Ce n'est pas pour autant que j'ai envie d'en finir avec la mienne.

Colère : 1. Tact : 0. Respire, Zoé. Respire.

Shane me fixe, les mâchoires serrées. À travers notre lien, je perçois ses regrets. Il sait qu'il est allé trop loin. Cependant, je crois qu'il ignore comment reculer sans perdre la face. Alors, je commence. J'ouvre la voie.

— Je suis désolée, déploré-je sincère. Je n'aurais pas dû te pousser autant. Tu parleras quand tu seras prêt. Et je n'aurais pas dû m'emporter.

Il détourne ses beaux yeux verts, alors que j'aimerais au contraire qu'il les garde sur moi. Même si j'ignore pourquoi.

— Ce n'est pas toi, ronchonne-t-il. C'est ce foutu lien. J'ai l'impression qu'il me pousse à penser des trucs… à ressentir des trucs… que je n'ai pas envie de regarder en face.

J'entends à peine les derniers mots. Sur la fin de sa phrase, sa voix n'est plus qu'un murmure.

— C'est pareil pour moi, avoué-je. Sauf pour le fait de les affronter. Je trouve que c'est plus sain que de laisser traîner.

Il me regarde à nouveau, et un sentiment de bien-être m'envahit.

— Je n'ai pas dit ça pour te blesser. Ce n'était pas mon intention.

— Je sais.

— C'est juste que... tu as l'air d'arriver à tout gérer d'une main de maître. Un appart, un boulot, un chat caractériel...

— La solitude de me sentir à part, ainsi qu'une famille qui ne me parle plus.

Il fronce les sourcils. Je continue, parce que maintenant que c'est ouvert, autant aller jusqu'au bout. Je pose mon portable sur la petite table, puis je m'assois sur le canapé. Shane me rejoint. J'attrape un coussin, que je place sur mes genoux, avant de pivoter un peu pour lui faire face.

— Mon père et mon frère n'ont jamais compris pourquoi j'étais partie. Pour eux, j'ai tout abandonné. Ce qu'ils ignorent, c'est qu'avant, j'ai surfé de nombreuses heures sur Internet, à la recherche de signalements de sirènes. J'ai sillonné la côte méditerranéenne dans tous les sens... interrogé des marins au risque de passer pour une dingue, parfois.

On peut avoir une queue de poisson et le tempérament d'un crabe enragé.

— Et pour toi, ce n'était pas un abandon ?

— Noooon... jamais... J'essayais juste... d'exister. D'être entière. De me sentir...

J'hésite, pourtant, c'est le mot...

— De me sentir moins seule... Même si ma mère est une sirène... Elle m'a toujours dit qu'on était rares, qu'on devait se protéger. Mais moi, je voulais en trouver d'autres. J'ai cru qu'ici, j'aurais plus de chances d'y arriver.

Shane reste silencieux. Il m'observe. Penché en avant, les coudes en appui sur ses cuisses, il m'écoute. Cette position m'indique que j'ai son attention pleine et entière, et j'apprécie.

— Je leur ai envoyé une multitude de lettres. Mes parents ne sont pas à l'aise avec Internet. Et mon frère m'a carrément bloquée. J'ai essayé d'expliquer. Malgré tout, ils ont vu ça comme une trahison.

— Et ta mère aussi ?

Je secoue la tête.

— Elle m'écrit. Parfois. Elle me dit que je suis courageuse.

Je souris, un peu triste, tout en triturant ce pauvre coussin.

— C'est insuffisant, tu t'en doutes, je suppose ?

Un silence s'installe. Pas pesant. Juste... dense.

Il baisse la tête vers ses mains jointes en soufflant.

— Moi aussi, j'ai coupé les ponts.

— Avec ta famille ?

— Quand j'étais humain, oui. Puis avec tout le reste après.

— Je ne comprends toujours pas.

Il hausse les épaules.

— C'est plus simple de disparaître plutôt que d'expliquer pourquoi on va mal. Même si ça rend les choses encore plus douloureuses...

Et là, j'ai une illumination.

— Est-ce que tu veux dire que dans ta vie d'humain, tu avais déjà cette tendance ?

— Mouiiii... C'est ce qui m'a valu la queue et les p'tites cornes.

Je me redresse, pour jauger le haut de son crâne, puis je me penche, comme pour apercevoir son postérieur.

— C'est drôle. Je ne vois rien du tout !

Il pouffe.

— C'est une métaphore. Tu imagines, se promener au milieu des humains avec cet attirail.

— Ça ferait désordre, c'est sûr.

— Hum, hum...

Béa se tient dans l'encadrement de la porte, habillée, coiffée, mais toujours avec ses lunettes de soleil vissées sur le nez.

— Désolée... Je sens que j'interromps un moment important. Je voulais signaler à Zoé que je m'en vais.

Paniquée, je sursaute, reprends mon portable, et découvre qu'il est presque 10 h.

— Oh ! Je vais être en retard. Il faut que j'installe tout pour le live, et je n'ai encore rien préparé.

Je bondis du canapé, imitée par Shane – forcément.

— OK ! C'est vraiment l'heure où je m'en vais, alors, constate Béa. La tornade Zoé va se déchaîner, et je préfère ne pas rester dans les parages. À plus, les amoureux forcés !

Les amoureux forcés ? Elle charrie, là ? Les yeux ronds comme des billes, je la regarde disparaître dans le couloir. Si je n'étais pas si pressée, et si abasourdie par son toupet, elle aurait vu de quel bois je me chauffe.

— Ouais... confirme Tchaka. Ben moi aussi, je choisis d'affronter les clients de la boutique, plutôt qu'une Zoé stressée. Bonne chance, Shane ! Toi qui voulais mourir, il se pourrait que ton vœu soit exaucé plus tôt que prévu... Mais j'dis ça, j'dis rien.

— Ben, ne dis rien, alors ! rouspété-je.

Trop tard. Les deux ont déjà déserté la future zone de guerre.

Très bien. Bande de lâcheurs !

Tornade Zoé, épisode spécial : « Sauver un live, un démon, et ma dignité... le tout en moins d'une heure. C'est parti ! »

Chapitre 14

Shane

Vu la vitesse à laquelle Béatrice et Tchaka ont pris la poudre d'escampette, je crains le pire. Je suppose que je dois m'attendre à un ouragan de catégorie 5, au moins !

Zoé se dirige vers son bureau, avant de revenir m'attraper la main sans ménagement.

— Je ne suis pas très douée avec les distances. Je préfère que tu restes à côté de moi. Parce que si en plus je suis ralentie par des douleurs, je ne m'en sortirai jamais !

— D'accord, approuvé-je. Peut-être que... tu pourrais profiter de ma présence ?

Elle s'immobilise, puis me dévisage, l'air sceptique.

— Oui, enfin... Je veux dire que... je pourrais peut-être t'aider ?

— Ce n'est pas bête, ça !

Elle regarde tout son barda autour de son bureau, avant de reporter son attention sur moi.

— Tu saurais monter un trépied ?

Je hausse un sourcil, accompagné d'un petit sourire.

— Je ne suis pas un jouvenceau, Zoé. Durant ma longue vie, j'ai vu bien pire que des vis papillon.

— D'accord. Alors, vas-y ! Impressionne-moi.

Je m'empare du matériel, pendant qu'elle court tout autour de moi, en marmonnant des phrases du type « où est mon argumentaire ? » et « pourquoi est-ce que je n'ai pas préparé tout ça hier ? ».

— Je croyais que tu étais une sirène zen ? Tu sais qu'à cet instant, tu n'en donnes pas du tout l'impression ?

— Ne m'énerve pas ! ronchonne-t-elle. Je le suis déjà bien assez.

— Je voudrais juste t'aider à te calmer. Ce n'est pas en brassant de l'air comme tu le fais que tu vas gagner du temps. En plus, je pense que ton coach de méditation te dirait que te flageller de cette manière ne t'avancera à rien.

Elle freine d'un coup, figée, comme si le film qui se déroulait venait d'être mis en pause.

— Tu as entièrement raison, Shane.

Elle inspire un grand coup, et souffle tel un ouragan. Elle répète l'exercice trois fois en roulant les épaules.

— Bon ! Ça ne marche pas ! s'énerve-t-elle. J'ai plein de nouveaux articles à présenter, et il y en a un paquet que je ne connais pas. Si tu veux bien, après, tu n'auras qu'à placer les lampes tout autour, ici.

Elle montre un espace un peu flou derrière son fauteuil de bureau. Je n'ai même pas le temps de lui demander où exactement, qu'elle se dirige déjà vers la bibliothèque. Chaque étagère regorge de produits. Elle saisit un plateau tout en haut, avant d'en sélectionner certains. Pendant ce temps, je me tais. Je visse. Je plie. En somme, j'obéis.

Je me transforme en démon du 5e cercle, spécialité logistique et vissage silencieux. Comme quoi, les carrières prennent parfois des tournants très surprenants.

Je termine de monter le trépied, vérifie la stabilité, puis commence à placer les lampes comme elle me l'a indiqué. Enfin, comme elle l'a vaguement montré en agitant les bras.

— Non ! Attends ! s'exclame-t-elle tout à coup. Pas là ! Pose-les par là plutôt... Non, pas là ! Là !

Je serre les dents, à tel point que je vais m'en faire péter l'émail. Même mes doigts crépitent d'étincelles, ce qui est le signe que les limites sont atteintes. Malgré tout, j'essaie de rester calme. À mon tour, je respire fort, en cherchant le démon zen au fin fond de moi.

Après tout, je comprends que c'est son travail. Il lui tient à cœur, et comme tout ce qu'elle entreprend, elle désire faire au mieux.

— Sois plus claire. Tu veux dire « là » là ou « là » là ?

— Mais, Shaaaaaneeeeee ! Tu le fais exprès, ce n'est pas possible. C'est logique, vu la position du trépied.

Et sans plus d'explications, elle retourne à ses produits. Quand elle revient, son plateau est chargé de flacons, de fioles, de cristaux et de petits objets qui ressemblent à des talismans ou à des porte-clés mystiques. Elle les installe sur son bureau, les trie, les aligne, les renifle même parfois. Je n'ose pas poser de questions. Je termine ma tâche, en espérant qu'elle sera satisfaite.

Elle s'assoit et ouvre son ordinateur sur une page blanche. Si, jusqu'à présent, on était dans les préparatifs physiques, là, on rentre dans le dur.

— Tu veux que je t'aide à écrire ton pitch ?

— Pff... Je crois que je vais improviser. J'ai trop de mal à me concentrer.

Elle se retourne, puis examine les alentours.

— Mais et toi ? Où vas-tu te mettre pendant le live ?

— Sur le canapé.

— Il n'est pas trop loin ? Il vaudrait mieux tester ça, avant, je pense. Surtout si je suis amenée à me lever.

Une fois encore, je m'exécute. Je crois que de toute ma vie de démon, je n'ai jamais été aussi docile...

Foutu sortilège !

Maudit lien !

Zoé me suit du regard, l'air concentré.

— Tu peux t'asseoir pour voir ?

Je m'apprête à poser mon cul du côté le plus proche de son bureau, quand les gentils fourmillements se réveillent. Nous grimaçons tous les deux.

— Non, ça ne va pas, en conclut-elle. Surtout si en plus je dois revenir vers les étagères.

— OK... Il faut que je reste dans ton périmètre magique.

— Que tu restes dans mon périmètre tout court.

« Et je crois que j'aime bien cette idée. »

Cette pensée... fulgurante... qui ne m'appartient pas à l'évidence, me fait sourire. Comme je suis un gentleman avant tout, je ne dis rien.

Message crypté avec effet immédiat bien reçu, ma sirène, approuvé-je dans ma tête.

— D'accord... rétorqué-je sur le ton le plus neutre possible. Si je déplace ce fauteuil, et que je le mets par ici ? Qu'est-ce que ça donne ?

Je le pousse doucement, le cale à mi-distance entre le bureau et le canapé, donc, non loin de la bibliothèque. Zoé fait quelques pas, teste l'amplitude, puis hoche la tête.

— J'ai peur que tu sois dans le champ de la caméra.

— Et alors ? L'enfer n'a jamais produit d'aussi beau modèle. En plus, je suis très photogénique.

— Bon ! Si ça ne te gêne pas, après tout. Mais surtout, tu dois rester là, pendant tout le live, sans bouger.

— Parfait ! Je serai le gardien de ton corps diabolique.

Oh, oh ? Je réalise trop tard que la formulation peut être interprétée de deux façons et donc, prêter à confusion. Zoé rougit un peu, avant de se détourner.

— Tu seras mon assistant sirénien plutôt… Je préfère.

Sa voix est éraillée.

— Tu veux dire « prisonnier d'un sort foireux ».

— Oooohh… Tout de suite les grands mots ! Je te signale que si tu es prisonnier, en un sens, je le suis aussi.

— C'est vrai, avoué-je. Je n'y avais pas songé.

Je m'installe dans le fauteuil, croise les bras, et décide de la laisser danser son ballet. Elle ajuste les lumières, vérifie l'angle de la caméra. Tout est prêt. Tout est parfait.

Sauf moi.

— Tu sais quoi ? Je mangerais bien un truc.

— Maintenant ?

— Le smoothie ne m'a pas suffi, et je sens que ça va durer un moment ta présentation. Tu ne voudrais pas que je fasse un malaise en direct ?

— Quel tragédien ! Tu es un démon. Ça ne tombe pas dans les pommes un démon !

— Tu tiens vraiment à tester cette théorie ?

— OK ! Bon, ben, on y va, alors... Tu sais ce que tu aimerais manger ?

— J'ai repéré un paquet de céréales, des boules croquantes au miel.

— Tu as intérêt à conserver la bouche bien fermée, sinon, on va t'entendre mastiquer. Je te laisse faire, il y a des commentaires sur Instagram, auxquels je dois répondre.

Elle me suit, tout en pianotant sur son téléphone.

— Promis, je serai plus discret qu'un chat.

Je cherche un bol, puis je me sers.

— Hum... Si c'est un chat comme Tchaka, la discrétion n'est pas sa plus grande qualité.

— On parle de moi ?

— Tiens ! Quand on parle du diable, on en voit la queue, ironise Zoé, le nez baissé sur son écran.

— Mais, comment est-il entré ? m'étonné-je. Je n'ai rien entendu.

— Tu n'as pas remarqué le trou au bas de la porte principale ? m'interroge le familier. Tu n'es pas très observateur. Et Zoé, je ne suis pas le diable. Je suis bien pire !

— Ça, personne n'en doute ici, réplique-t-elle d'un ton empressé. Shane ? Tu as fini. Je dois être connectée dans moins de sept minutes.

— C'est bon, on y va.

Je la suis, bol en main, prêt à mastiquer en silence.

Ce sortilège est une plaie, et je sens bien qu'il va me pourrir le reste de mon existence...

Pourtant, ce matin, en regardant Zoé s'installer à son bureau, j'ai un peu moins hâte d'en être libéré.

Étrange...

Chapitre 15

Zoé

Comme à chaque fois, le stress monte. Les battements de mon cœur s'accélèrent. Ma respiration devient courte. Les muscles de mon dos se tendent. Et le pire, c'est que j'ai l'impression de transpirer comme si je pratiquais une activité physique intense, alors que j'ai les fesses posées dans mon fauteuil.

C'est tellement absurde !

Je fais souvent des lives, je connais la plateforme, les angles de caméra adéquats pour jouer avec la lumière, les mots qui font mouche.

Or, rien n'y fait.

Il y a toujours ce moment, juste avant, pendant lequel mon corps m'échappe... Comme si j'allais monter sur scène devant mille spectateurs en attente d'un miracle. Si le trac brûlait des calories, je serais Miss Univers et Neptune réunis.

Je vérifie le cadrage, la télécommande, ainsi que l'activation du Bluetooth, puis mes vêtements, sans oublier ma coiffure.

Ensuite... je recommence jusqu'à la dernière minute.

Ça, c'est mon rituel.

La répétition me rassure.

Enfin... en théorie.

Parce que les bruits de bouche de Shane en train de mastiquer me crispent déjà. ASMR « crounch crounch », ce n'est pas exactement la *vibe* que je vise.

— Tu es parfaite, me lance Tchaka.

Avec lui, je ne sais jamais si ce genre de répartie est un compliment ou non. Quand je vois ses goûts en matière de compagnes, j'ai des doutes. Une fois, il nous a ramené une vieille chatte de gouttière grise aux poils tout collés en déclarant qu'elle était la huitième merveille du monde.

« Je ne l'aurais pas mieux dit ! »

Cette pensée, assortie de la voix grave et suave de Shane, déclenche un frisson le long de ma colonne vertébrale.

Mes yeux s'écarquillent. Shane est figé, la cuillère suspendue entre sa bouche et son bol. Il me fixe, perplexe.

— Quoi ?

— Non, rien.

Je dois les ignorer. Ce n'est pas le moment de m'éparpiller.

Tchaka est perché sur l'accoudoir du fauteuil de Shane. Il va donc lui aussi se retrouver dans le champ. Rester focus : zapper le démon et ses bruits de mastication, c'est ma priorité.

Seulement, c'est comme essayer de méditer dans une salle de jeux.

Respire, souris, fais comme si de rien n'était. C'est si facile...

Je vérifie l'heure. 10 h 57. Je suis censée rayonner dans trois minutes, alors que j'ai l'impression d'être une cocotte-minute prête à exploser. La tension monte. Mes doigts se crispent sur la pauvre télécommande.

Impossible. Je n'y arrive pas.

— Est-ce que tes dents vont envahir la Pologne, ou tu comptes t'arrêter au bol ? ronchonné-je.

— Quelle charmante comparaison, constate Tchaka.

Je lève les mains, un air faussement innocent sur le visage.

— C'était ma grand-mère qui disait ça, précisé-je.

— Quoi ? Je n'ai rien compris, s'étonne Shane.

— Tu ne pourrais pas essayer de mâcher en silence ? précisé-je.

— Hum ! Je suis déjà en mode furtif, là, je te signale. Tu ne voudrais pas que je me transforme en plante verte tant qu'on y est ?

— À cet instant, j'aimerais carrément que tu retournes d'où tu viens.

Aussitôt, la culpabilité m'assaille.

— Pardon ! m'exclamé-je, les doigts posés sur mes lèvres. C'est le stress. Mais je souhaiterais juste que tu te transformes en silence, par contre.

J'ose espérer qu'il ne réplique pas, et je me remets face à l'écran de l'ordinateur qui indique 11 h pile.

— Chut ! C'est l'heure !

J'agite les mains en signe de calme, me redresse, puis je me racle la gorge. Le clic de la télécommande retentit, et je me vois apparaître à l'image. En attendant qu'une personne se connecte, je vérifie ma tête, quand enfin, un pseudo s'affiche. J'ai trop de chance, c'est une habituée, dont la présence me rassure aussitôt.

— Coucou Clémentine ! lancé-je avec un peu trop d'enthousiasme.

Les premières secondes, voire minutes, sont les pires. C'est le moment où je dois faire semblant d'être détendue... Pff ! T'as qu'à croire ! Mon cerveau carbure à mille à l'heure par peur de s'emmêler les crayons. Et mes lèvres tremblent comme des algues en pleine houle, tant je crains de dire une énormité. Résultat, je parle lentement, j'articule trop, mais le tout avec le sourire.

Je suis une professionnelle. Du moins, j'essaie. Même si à cet instant, je suis aussi une amphibie paniquée.

Après avoir échangé quelques banalités en attendant que d'autres personnes nous rejoignent Clémentine et moi, je décide d'entrer dans le vif du sujet.

— Aujourd'hui, je vais vous présenter quelques nouveautés de la boutique, dont certains produits qui nous ont été livrés ce matin, et que je vais découvrir en même temps que vous.

Je tends la main vers le plateau, sur lequel j'attrape une fiole où pend une étiquette dorée.

— Celui-ci, par exemple, est un élixir de clarté mentale. Autant vous dire qu'à cet instant, j'en aurais bien besoin. Parce que c'est toujours hyper stressant de passer devant la caméra !

Un petit rire nerveux s'extirpe de ma gorge, et juste après un commentaire de Clémentine s'affiche :

« Tu assures grave, comme toujours . »

Je souris en la remerciant, et mes épaules commencent à se décontracter. Je retrouve mes repères, tout en sentant que ce live part dans la bonne direction.

Je poursuis, en présentant un quartz rose censé être envoûté pour renforcer la fertilité, quand un mouvement dans mon dos me fait tiquer. À travers l'écran en face de moi, j'aperçois Tchaka, toujours perché sur l'accoudoir du fauteuil de Shane, le regard rivé sur le bol. Et là, je me souviens de la passion du chat pour le lait. Seulement, Béa refuse que nous lui en donnions, sous peine de le voir malade.

Pourtant, je sens le malheur se profiler à l'horizon. Le problème, c'est que je suis obligée de continuer mon pitch comme si de rien n'était. Je m'efforce donc de rester concentrée tout en surveillant la scène du coin de l'œil. Je poursuis ma présentation avec un baume, pendant que le chat incline la tête. Ses moustaches frémissent. Son regard se fait plus intense. Je le connais. Je sais ce que ça veut dire. Et comme Shane a les yeux rivés sur moi, il ne voit rien venir.

— Ce baume est idéal pour les peaux sensibles, surtout en période de stress ou de fatigue émotionnelle...

... ou quand un félin projette un crime lacté en direct. Sans attendre, je devrais l'appliquer en cataplasme épais sur tout mon corps.

Et là, Tchaka bondit. Pas un saut complet. Juste un petit déplacement, précis, mesuré. En un coup de patte, il atteint le bol.

Le choc est minime, mais suffisant.

Le récipient bascule, et le lait s'écrase sur le tee-shirt noir de Shane. Une tache claire, large, qui s'étale comme une œuvre abstraite. Shane sursaute en jurant...

— Merde ! Putain de chat !

Et moi, je suis en direct.

Je jette un coup d'œil à l'écran, tout en cherchant une réplique bien sentie. Or, je suis obnubilée par Shane, qui, d'un mouvement bien trop sexy, retire son tee-shirt avec une moue colérique. De son côté, Tchaka lèche le sol, sans doute très satisfait de sa bêtise.

Mon professionnalisme vacille. Ma température corporelle grimpe. Malgré tout, je reste figée. Une demi-seconde. Peut-être deux, quand je décide de faire pivoter la caméra. Seulement, c'est beaucoup trop tard... l'image est là. Et les internautes ont tout vu. Shane est debout, en train d'essuyer son torse musclé, avec ses divines tablettes de chocolat exposées à la vue de tous.

Et les commentaires ne lambinent pas. Pour ne pas dire qu'ils s'emballent carrément.

« OMG . »

« C'est qui ce BG ? Zoé, tu nous le présentes ? »

« C'est ton petit ami, Zoé ? Eh ben, tu dois pas t'ennuyer ! »

« Zoé, fais-le approcher ! Tu veux pas nous faire une démonstration du baume avec lui ? Il ferait un mannequin parfait pour ta boutique ! »

Je cligne des yeux. Je tente de parler, mais ma voix reste bloquée dans ma gorge. Mes joues chauffent. Je déglutis, en cherchant à savoir ce qui me met aussi mal à l'aise.

Le trouble de la situation, ou Shane et son corps affolant sur lequel je laisserais volontiers mes doigts vagabonder.

Pourtant, il faut que je dise quelque chose. Je suis en train de vendre du quartz, pas un calendrier démoniaque sexy. Je me pince la cuisse sous le bureau, et la douleur court-circuite mes neurones enflammés. Une réplique, qui j'espère, fera sourire, et rattrapera un peu le désastre, tilte dans mon cerveau câblé pour autre chose que le travail.

— Comme vous pouvez le constater, le baume antistress n'a pas encore été appliqué sur tout le monde. Ce qui explique la pluie de jurons...

Un flot de cœurs s'affiche au milieu de commentaires du genre :

« On veut le voir tester le produit. Tu devrais lui en mettre généreusement sur TOUT le corps. »

Nous échangeons un regard, et une pensée, beaucoup plus rationnelle, s'installe.

Garder le cap. Vendre le baume. Surfer sur la vague... pas sur le démon.

Chapitre 16

Shane

Oh ? Oh ?

Pourquoi est-ce que je n'aime pas le regard que me lance Zoé, tout à coup ? J'ai un vilain pressentiment…

Une drôle d'alarme interne vient de s'activer : sirène (la créature), sirène (le gyrophare). Je subis une double alerte sans aucune échappatoire. Le pied !

Elle a ce petit pli entre les sourcils, le même que lorsqu'elle m'a raccompagné chez elle, hier soir. Si je me fie à mon feeling, c'est le signe annonciateur d'une idée. Maintenant, de là à affirmer qu'elle est bonne, c'est une autre paire de manches. D'autant que si elle me sort un truc du genre « j'ai eu un déclic » et qu'elle finit par « mais promis, c'est pour t'aider », il y a de fortes chances pour que je tente une disparition en direct live. La fenêtre du salon est entrouverte, sauter ne me fait pas peur. Enfin… presque pas ! Parce qu'il suffit que je songe à la douleur éventuelle dans mon dos pour neutraliser tout de suite mes envies de fuite. Mon plan d'évasion est aussitôt annulé par la clause « 10 mètres et hurlements ». Merci, le destin.

Pour me donner une contenance, et surtout dans l'espoir de diriger les pensées de Zoé sur autre chose, je baisse les yeux vers mon tee-shirt sale. Tchaka, de son côté, continue de lécher le plancher avec une application qui frôle l'indécence.

— Tu veux une paille, peut-être ? lui demandé-je.

Comme les humains ne peuvent pas l'entendre, il en profite pour rétorquer.

— Je fais mon devoir. Le lait ne doit pas être gaspillé.

— Au moins, tu as le mérite d'assumer ta bêtise jusqu'au bout…

Cette fois, le chat ne prend même pas la peine de me regarder, trop accaparé par sa besogne. Quant à Zoé, elle continue de me fixer. Et ça, c'est super inquiétant. Dans ses yeux, je distingue 70 % de douceur, et 30 % de projet. Je préfère quand c'est 100 % de tendresse.

— J'espère que tu ne comptes pas me demander quelque chose ? Surtout que je te rappelle que tes internautes t'attendent.

…

J'aurais sans doute dû me taire.

— Tu as coupé le micro, au moins ? chuchoté-je.

— Non. Nous sommes en direct. Ce ne serait pas correct de les faire patienter en silence. En plus, ils réclament tous après toi.

— Comment ça ?

— Approche et regarde par toi-même.

Je m'exécute, et me penche vers l'écran. Si je n'étais pas si fier de tous ces commentaires élogieux, je rougirais. Cela devrait probablement susciter cette réaction d'ailleurs, ou bien peut-être que je devrais me couvrir, mais dans ma tête, c'est tout le contraire. Je me redresse, satisfait, les bras ballants pour mieux exposer mon torse.

— C'est flatteur, annoncé-je.

— Je suis contente que tu le prennes aussi bien. C'est parfait !

Oh ? Oh ?

Je crois que je suis tombé à pieds joints dans son traquenard. En tout cas, c'est ce que je ressens. J'ai intérêt à me souvenir de ne jamais faire confiance à ce « parfait » exprimé avec ce pli entre les sourcils. Il ne présage rien de bon.

— Parfait pour quoi ? hésité-je.

— Tu n'as vu qu'une partie des commentaires, mais dans l'un d'eux, il y avait une suggestion à la fois judicieuse et pertinente.

Je sens encore ce fil invisible entre nous. Ce truc magique, bancal, qui me relie à elle. À cet instant, je déteste sa présence. Je n'ose même plus poser de questions, tant les dents du piège à loups s'enfoncent dans ma chair. Je me contente de plisser les yeux, pendant qu'elle saisit mon tee-shirt pour le balancer loin derrière. Ensuite, elle se retourne vers son bureau, où elle récupère un flacon qu'elle me colle entre les doigts.

Mes paupières papillotent en examinant l'objet. Il exhale la magie douce, et comme si cela ne suffisait pas, ses intentions sont floues. Je flippe un peu… Moi, un démon, je flippe face à une petite fiole de rien du tout ! Un comble !

J'ose espérer que ce n'est pas Béatrice qui a tenté un nouveau sort… En plus, il a beau être agrémenté d'une étiquette calligraphiée accrochée au bouchon doré, j'ai du mal à déchiffrer le texte.

— C'est Tchaka qui a écrit, non ?

Pour toute réponse, l'intéressé, qui a fini de réparer, en partie, sa bêtise, se lèche la patte.

— Tu cherches à détourner la conversation ? risque Zoé. Si tel est le cas, ça ne fonctionne pas. J'aimerais que tu ouvres ce flacon et que tu en appliques sur toi.

J'ai dû mal entendre.

— Quoi ?

Zoé lève les sourcils, en me faisant les gros yeux. Comme elle tourne le dos à la caméra, je suppose que cette mimique signifie : tais-toi et obtempère.

Or, c'est sans compter sur ma capacité à obéir sans poser de questions.

Spoiler alert : faible.

Et oui, je suis un emmerdeur.

Compétence principale : résistance passive-agressive.

Niveau : expert.

Je retourne le flacon entre mes doigts. Le liquide à l'intérieur est nacré, légèrement irisé, comme si quelqu'un avait mélangé de la lumière de lune avec une larme de licorne. Du moins, je suppose que ces ingrédients ont cet aspect. En tout cas, c'est comme ça que je les imaginerais.

— Et tu veux que je m'en mette dessus ? Sur moi ?

— Oui, sur ton torse.

Elle mime le geste, signe qu'elle doit vraiment me prendre pour un demeuré...

— Mais, on est toujours en direct, là ?

— Je sais. L'idée, c'est que tu te comportes comme le ferait un mannequin.

Je la fixe. Elle ne bouge pas d'un millimètre. Pas même un battement de cils. Et moi, je suis debout, torse nu, flacon en main, à me demander ce que j'ai fait au diable pour mériter ça.

— Tu veux que je me transforme en influenceur bien-être ?

Après le démon bricoleur, je me découvre une nouvelle fonction. Je deviens démon cobaye, voire accessoire de marketing.

— Ça n'a rien de compliqué, Shane. Je veux juste que tu testes cette huile. Et surtout, use de tout ton charme naturel.

Les commentaires défilent à toute vitesse sur son écran. Je n'ose imaginer ce qu'ils racontent. Les humains pensent principalement à trois choses dans la vie : l'argent, le pouvoir et le sexe.

Et pas nécessairement dans cet ordre d'ailleurs...

— Pour info, à cet instant, mon charme naturel est sarcastique et plutôt hostile. Je ne sais même pas ce qu'elle est censée faire cette huile ?

— Elle contient des vertus apaisantes.

— Pourquoi ? Tu me trouves tendu ? Parce que moi, je me sens super cool.

Elle jette un œil vers la caméra, en levant les sourcils.

— Super cool, hein ? OK. Je te lance un défi, alors ! Puisque tu es « super cool », répète-t-elle encore en mimant les guillemets, mets-en. Et si vraiment c'est le cas, tu devrais piquer le roupillon de ta vie.

Je ne sais pas ce qui me perturbe le plus : l'huile, les cœurs qui pleuvent, ou le fait que Zoé me regarde comme si j'étais plus qu'un cobaye cosmétique.

Je décide de ne pas y songer.

— Pff ! Même pas peur !

Elle pouffe, pendant que je dévisse le bouchon. Une douce odeur s'en échappe. Quelque chose entre la sauge, la vanille et un souvenir que je n'arrive pas à nommer. Je verse quelques gouttes dans ma paume. La texture est soyeuse, presque tiède. Je commence à l'étaler sur mon torse, lentement, en essayant de ne pas penser au fait que des dizaines – centaines ? – de personnes sont en train de me regarder.

Zoé reprend le live. Sa voix est calme, posée, professionnelle.

— Comme vous pouvez l'observer, Shane teste notre huile de recentrage. Elle est idéale pour les moments de tension, de confusion, ou de… débordement émotionnel.

Je lève un sourcil.

— Émotionnellement débordé ? C'est comme ça que tu me vois ?

— Ce que je constate surtout, c'est que tu es le mannequin parfait pour illustrer le produit.

À l'aide de son index, elle indique les cœurs qui s'affichent sur l'écran. Les commentaires fusent.

« On veut le tuto complet ! »

« Zoé, fais-lui un massage ! »

« Ce modèle est une bénédiction ! »

« S'il revient dans le prochain live, je promets de ne plus en rater aucun ! »

Je baisse le nez vers mon torse, luisant d'huile magique et d'humiliation consentie.

— Tu sais que si je pique un roupillon en plein live, tu vas devoir en gérer les conséquences ?

— Pas de problème. Je gère très bien les conséquences. La preuve, tu es encore là !

Elle m'offre un petit clin d'œil, et en simultané, elle pince le bout de sa langue entre ses dents. Je n'avais jamais vu ce genre de grimace auparavant, et je dois dire que… je trouve ça… mignon. Voire sexy. Je me ressaisis, en songeant à notre lien. J'espère que rien n'a filtré. Il devient urgent que je contrôle mes émotions.

— Tu veux dire que tu assumes de m'avoir transformé en cobaye cosmétique ?

— Ce que je dis, c'est que tu es photogénique, docile, et que maintenant, tu sens super bon.

— Docile ? Tu es sûre de toi ?

— À peu près, en tout cas.

Je jette un coup d'œil à l'écran. Les cœurs continuent de pleuvoir. Les commentaires sont un mélange de compliments, de propositions indécentes, et de suggestions marketing douteuses. Zoé jubile.

Après avoir observé les statistiques, elle se retourne vers moi, les pouces en l'air, et je lis sur ses lèvres :

— Les commandes affluent ! C'est génial !

Quant à moi, je commence à me demander si je ne viens pas de trouver un nouveau job, en plus d'être lié à la sirène pour une durée indéterminée.

Bof...

Pour l'instant, je n'ai rien de mieux à faire. Autant jouer le jeu jusqu'au bout. Je me redresse, torse huilé, les poings sur les hanches, dans une posture vaguement héroïque.

— Voilà. Test effectué. Tu peux dire à tes abonnés que je suis officiellement... hydraté.

— Et docile.

— Là, tu t'emballes.

Je pivote vers la caméra, lève une main en guise de salut, et ajoute avec mon plus beau sourire de démon récalcitrant :

— Merci pour votre attention. Je suis Shane, testeur occasionnel, mannequin sous menace, et je vous dis à bientôt... ou pas.

Zoé éclate de rire. Et moi, je sens que je viens de perdre une partie. Mais pas encore la guerre.

Score du jour : Sirène 1 – Démon : 0. Revanche prévue : le plus tôt possible.

Chapitre 17

Zoé

Ce soir, cela fera deux jours entiers que Shane et moi sommes liés par le sortilège raté de Béatrice.

Quarante-huit heures... En temps sirénien, ça fait environ trois marées émotionnelles et au moins deux vagues scélérates d'affilée. Autant dire, presque une éternité.

Si cette connexion était juste instable, capricieuse, et collante, un peu comme une pâte à tarte mal dosée, je la gérerais sans doute mieux. À cela, il faut ajouter la douleur insoutenable dans le dos dès que l'on s'éloigne, ainsi que nos pensées qui n'ont plus rien d'intime. J'ai arrêté de compter le nombre de fois où les idées morbides de Shane m'ont percuté les neurones. Enfin… Elles ne sont pas toujours malsaines. En réalité, elles diminuent. Au moins, celles-ci, je pouvais lui en parler. En début d'après-midi, j'étais assise à mon bureau, en train de lister les sujets de la prochaine newsletter pour la boutique, quand il a songé :

« *Si elle continue à mâchouiller son crayon, je vais finir par croire que c'est une invitation. C'est déjà assez difficile de rester de marbre dans le lit, surtout lorsque dans son sommeil, elle se retrouve plaquée contre moi… Merde ! Fais gaffe, mec ! Si elle a entendu… Concentre-toi sur autre chose. Genre… les impôts. Ou la météo. Ou mieux ! Imagine Tchaka en tutu.* »

OK… je vais devoir cacher tous les crayons. Et aussi interdire les tutus au chat, pour le bien de l'humanité. Cependant, non contente de devoir m'empêcher de rire, j'ignorais qu'il nourrissait ce genre de pensée à mon égard. Bon, certes, les miennes ne sont parfois pas plus sages, surtout lorsque je me retrouve seule dans la baignoire. Je crois que j'aime bien son côté grognon, qui me pousse à me montrer encore plus enjouée.

— … le but va donc consister à briser la fusion énergétique temporaire pour… Zoé, tu m'écoutes ?

Les narines de Béatrice sont dilatées. Les mains sur les hanches, elle me lance son regard le plus noir.

— Tu nous détailles le sortilège que tu vas jeter dans le but de dénouer le premier, intervient Shane. Or, je ne pense pas que nous assommer avec des explications inutiles le rendra plus efficace. En agissant ainsi, tu cherches juste à te rassurer.

Béatrice cligne des yeux, comme si elle venait de se faire gifler par une vérité qu'elle n'avait pas envie d'entendre.

La boutique est fermée au public. Pendant qu'on tirait les rideaux, mon amie a dispersé de l'encens dans tous les coins. Elle a aussi disposé les éléments du rituel qui va briser le lien entre le démon et moi.

C'est donc soirée ambiance DIY ésotérique. Quant au dress code, il a été exigé d'apporter des bougies et de s'armer de patience. Beaucoup de patience...

Shane est adossé à l'étagère des cristaux, les bras croisés, avec l'air de celui qui attend qu'on lui serve un café. Tchaka est perché sur le comptoir, la queue battante, les yeux mi-clos. Moi, je suis debout, face à Béatrice, en train de me demander si je dois dire quelque chose ou rester muette. La tension entre Shane et elle est palpable. Même si au fond, je crois qu'ils s'apprécient. Ils se ressemblent beaucoup, en réalité.

— Je ne cherche pas à me rassurer, je suis... méthodique.

— Non ! Tu es bavarde, nuance Shane.

— Et toi, tu es insupportable, s'énerve-t-elle.

— Merci pour le compliment, réplique-t-il en mimant une courbette théâtrale.

Je retiens un sourire.

Je ne le trouve pas si insupportable que ça, moi. Il est sexy, intelligent, cultivé, galant et très serviable. À chaque fois que j'ai eu besoin de lui, il a répondu présent. Même là, tandis que Béa cherchait à me sermonner, il a pris ma défense. C'est si romantique.

Je me redresse légèrement, histoire de ne pas trop laisser transparaître mon trouble. Mais c'est peine perdue. Shane me jette un regard en coin. J'ai l'impression qu'il sait qu'il vient de marquer un point. A-t-il perçu mes pensées ?

Oublie, Zoé ! Fais semblant de t'intéresser à la bougie violette devant toi, plutôt.

Quant à Béatrice, elle se détourne pour attraper une fiole sur l'étagère. Le liquide à l'intérieur est d'un bleu profond, presque hypnotique. Elle le secoue, murmure quelques mots, puis le pose au centre du cercle tracé à la craie sur le plancher, entre les chandelles colorées.

— Bien. On va pouvoir commencer.

— Tu es sûre que ça ne va pas nous fusionner encore plus ? s'inquiète Shane. Je n'ai pas trop envie que Zoé et moi finissions comme des siamois.

— Ooohhh... Mais que vois-je ? Un démon qui a peur d'un petit rituel magique, le taquine Béa.

Shane lève les yeux au ciel en haussant les épaules. Par notre lien, je sens son énergie vibrer. Elle regorge de prudence. Et peut-être d'un soupçon d'appréhension aussi. *Depuis deux jours, je suis devenue experte en interprétation démoniaque.*

— Je n'ai pas peur, grogne-t-il. Je suis juste… méfiant.

— Ce qui revient à peu près au même, admets-le, réplique Tchaka.

Le chat reprend une posture plus digne sur le rebord du comptoir. Il est clair qu'il attend le début du spectacle.

Je lève les yeux au ciel. Le rituel n'a même pas commencé que l'ambiance est déjà celle d'un dîner de famille où personne ne voulait venir. Béatrice toussote, pendant que moi, je me concentre sur le cercle. Et sur le fait que mon cœur bat un peu trop vite. J'avoue que moi non plus, je ne suis pas très confiante.

J'ai besoin de récapituler. Établir des listes m'a toujours apaisée.

Bougies : OK.

Encens : OK.

Courage : en cours de livraison.

— Bon. On va faire simple, déclare Béa.

Elle place un cristal noir, une plume de paon, et une clochette en cuivre à l'intérieur du rond. Je ne sais pas si c'est ésotérique ou juste décoratif, mais je me garde bien de l'interroger.

— Je vais réciter l'incantation, que vous allez répéter après moi. Si tout se passe bien, le lien se dissout.

— Et dans le cas contraire ? demande Shane.

— Alors vous restez connectés. Et arrête avec tes questions, maintenant. Ça me stresse.

— Voilà qui est très rassurant. Et toi, tu ne dis rien ?

Il se tourne vers moi, en quête d'un soutien, je présume.

— Je reconnais que…

— Que quoi ? m'encourage Béa d'un ton colérique.

— Ne serait-il pas plus raisonnable de laisser agir le temps ? Tu as expliqué toi-même qu'il allait se dissoudre tout seul.

Elle me fusille du regard, comme si j'avais proposé de remplacer le rituel par une partie de Monopoly.

— Le temps, Zoé, c'est pour les gens patients. À moins que finalement… tu apprécies d'être liée à ce démon ?

— Euh… Ben… C'est comme tout, on s'habitue.

— Si tu fais référence aux morpions, ou à un herpès, je n'en ai jamais eu, mais j'suis pas sûr… commente Tchaka.

Shane étouffe un rire. Moi, je tente de garder mon sérieux, même si c'est peine perdue. Je pense que c'est dû à la nervosité… J'ai besoin de l'extérioriser d'une manière ou d'une autre. Béatrice, elle, lève les yeux au ciel.

— Très bien. Puisque vous êtes tous dans l'humour douteux, je vais lancer le rituel. Et si ça explose, vous ne viendrez pas pleurer dans mes bras.

— Ça a déjà raté, et est-ce que tu m'as vu pleurer ? rétorque Shane.

— Ah non ! Tu ne pleures pas, toi. Tu grognes, nuance Tchaka.

— Ce n'est pas faux ! confirme-t-il.

Je sens le lien vibrer entre nous. Pas fort. Juste assez pour me rappeler qu'il est là. Qu'il nous relie. Et qu'il devient de plus en plus… intime.

Si je récapitule, il y a le fil invisible, le nœud au cœur, et les papillons dans l'estomac. Ça m'évoque vaguement un combo gagnant, que je n'ai pas du tout sollicité. Voire, je m'en serais volontiers passée.

D'ailleurs, Shane me lance un regard, comme pour me dire que lui aussi l'a perçu.

Je crois qu'il est vraiment temps que cette connexion s'arrête. Je commence à m'habituer à sa présence, et j'ai presque peur d'oublier comment était ma vie avant qu'il se transforme en une extension de moi.

Béatrice se place au bord du cercle, les bras levés, la fiole bleue d'un côté, une plume de paon de l'autre.

— Mettez-vous au centre, nous ordonne-t-elle. Et tenez-vous la main.

Nous échangeons un regard, puis avançons de quelques pas. Lorsque je saisis sa poigne chaude, un délicieux frisson dévale ma colonne vertébrale. Mes paupières se ferment sous l'assaut de plaisir inattendu.

Ceci n'est pas une réaction due au froid. C'est... autre chose.

La voix grave et posée de Béa, qui commence à réciter l'incantation, me pousse à les rouvrir.

Les bougies vacillent. La clochette s'élève toute seule dans les airs pour tinter doucement. Le cristal noir pulse comme un cœur qui bat.

Et moi, je sens Shane. Pas juste sa présence. Mais ses pensées. Son trouble. Son envie de fuir. Et... autre chose. J'ai l'impression qu'il se coule en moi. Je tourne la tête vers lui, curieuse de connaître son ressenti.

Si elle continue à me regarder comme ça, je vais finir par lui proposer de rester liés. Pour voir... Juste pour une nuit de plus. Ou deux. Ou... merde ! Concentre-toi, mec.

Je détourne les yeux, gênée. Je fixe la plume comme si elle allait m'expliquer comment gérer un démon qui pense trop fort. Et suis-je réellement troublée, ou flattée ? Avec l'envie grandissante de rester accrochée à lui.

— Zoé... s'impatiente Béatrice.

— Oui ? lancé-je, surprise.

— Tu dois répéter après moi, s'agace-t-elle.

— Ah. C'est vrai. Pardon.

Béatrice ferme les yeux, prend une profonde inspiration, avant de recommencer.

— Par le souffle des liens tissés sans dessein,

— Par le souffle des liens tissés sans dessein, répétons-nous.

Ma voix est plus aiguë que d'habitude. Shane les prononce avec un calme déconcertant, même si je sens que son esprit est agité.

— Par la plume du paon et la cloche du matin,

— Par la plume du paon et la cloche du matin.

Le rituel continue. La fiole s'illumine.

— Que se délient les fils, que s'efface le chemin.

— Que se délient les fils, que s'efface le chemin.

Le cercle crépite.

— Que chacun retrouve sa voie, son corps, son destin.

— Que chacun retrouve sa voie, son corps, son destin.

Un silence. Un flottement. Un soupir de Béatrice. Un frisson dans l'air. Et... plus rien.

Juste le cristal qui pulse une dernière fois, avant de s'éteindre. La clochette retombe sur le sol avec un petit « plong ».

— Bon. C'est... étrange, hésite Béa.

— Ça n'a pas marché, affirme Shane.

— On ne le saura pas tant que vous n'aurez pas essayé de vous éloigner l'un de l'autre. Lâchez-vous la main, pour commencer.

Je me tourne vers Shane, qui ne me regarde pas comme d'habitude. Le rituel a échoué, c'est certain. Et je crois que quelque part au fond de moi, je m'en réjouis.

Le lien est toujours là.

Résultat : mon cœur exécute une série de saltos arrière sans autorisation préalable.

— Ce n'est pas la peine de nous infliger une douleur inutile, Béa, déclaré-je. Il se fait tard. La journée de samedi sera longue avec le marché nocturne. Je préférerais aller dormir un peu, si tu veux bien.

— Mince ! J'espérais tant que ça marcherait ! Mais promis, ma chérie.

Elle s'approche, et saisit mes bras, me forçant à lâcher la main de Shane.

— Je n'ai pas dit mon dernier mot. Je vais revoir le rituel, et nous referons une tentative dès que possible.

Shane s'étire, l'air blasé.

— Génial. Encore une nuit à jouer au démon de compagnie.

Je sais, au fond, que son sarcasme n'est qu'une façade. Que mine de rien, il commence à apprécier cette situation. Même son timbre de voix devient plus doux, moins râpeux. Il ne me semble pas aussi convaincant qu'il y a deux jours.

Tchaka cligne des yeux, avec l'air de celui qui a tout vu, tout compris, et qui n'a pas besoin d'une boule de cristal pour flairer l'évidence.

— Mais bien sûr ! T'as qu'à essayer de t'en persuader, ça ne mange pas de pain, après tout. Si tu crois que tu arrives encore à donner le change, tu te goures complètement, mon gars.

Mes joues sont en surchauffe. Shane détourne le regard, avec un sourire en coin.

Je me dis que la prochaine fois, le rituel aura peut-être plus de succès. Mais je préfère ne pas y penser… Ce soir, je vais de nouveau profiter de sa présence, dormir près de lui, et je ne vais pas m'en plaindre.

Shane se racle la gorge, comme s'il voulait répondre. Cependant, il reste silencieux. Juste ce petit sourire en coin, un peu trop sincère pour être sarcastique. Et moi, je crois que je tombe amoureuse… une demi-goutte d'huile apaisante à la fois.

Ce n'était pas prévu au programme, ça…

Chapitre 18

Shane

Le matin s'installe comme une mauvaise blague : beaucoup trop réel. La chambre baigne encore dans une lumière bleutée, suspendue entre la nuit et le jour. Je me réveille avant Zoé. Ce qui, dans mon cas, relève de l'exploit ou de la malédiction.

Je n'ose pas bouger. J'ai l'impression que l'on m'a repassé le dos au fer tiède. Comme si le lien, toujours présent, avait levé le pied, pour me laisser respirer. Un fil invisible qui vibre au moindre mouvement, un rappel discret que je ne suis pas libre.

Enfin, *pas complètement*.

Et ce qui m'effraie le plus, c'est que je ne sais plus si j'ai envie de l'être.

Zoé dort encore, les cheveux en éventail sur l'oreiller, sa bouche entrouverte en un soupir qui m'achève. Ma main se trouve à dix centimètres de son épaule, et le pire, c'est que j'ignore si je veux la retirer ou la poser. Alors je choisis l'option la plus lâche : je reste immobile et je compte jusqu'à cent. À quatre-vingt-douze, elle remue, et à quatre-vingt-treize, j'essaie de me lever sans la réveiller. Mon pied touche le parquet froid… un pas, deux pas, trois…

À peine ai-je atteint le seuil de la porte que les fourmillements au niveau de mes reins s'agitent. Dix mètres. Comme une frontière tracée à la craie entre elle et moi.

Je m'arrête, avant de revenir sur la pointe des pieds. Un demi-détenu. Si l'enfer possédait une version du bracelet électronique, ce serait celui-là.

Je me penche pour attraper la chope vide sur la table de chevet – celle du smoothie d'hier soir. Je la tourne entre mes doigts, histoire de retrouver une contenance. Le verre garde l'odeur de la mangue et de la menthe. *La sirène a des goûts de paradis tropical.*

— Tu ne cherches pas à t'enfuir, j'espère ? marmonne une voix ensommeillée dans mon dos.

Je me fige.

— Comment oserais-je ? Je médite sur le sens de la captivité volontaire.

— Toi, tu médites ? bougonne-t-elle. Prenons un petit déjeuner d'abord, les métaphores après.

Je souris, même si elle ne le voit pas.

— Si tu veux ton café, ajoute-t-elle, il faudra qu'on le fasse ensemble. Tu sais… la laisse magique, tout ça.

Un grognement. Un bras s'étire hors de la couette.

— On dirait que cette situation ne te dérange pas, soufflé-je. À croire même que tu aimes ça…

— J'aime le smoothie, la mer et danser sous la lune, pas la laisse, marmonne-t-elle.

Elle se lève enfin en lissant ses cheveux. Sa chemise de nuit glisse sur une épaule, et je me force à détourner le regard. L'exercice est ardu. Je pourrais contempler le spectacle encore longtemps.

— Prem's pour la salle de bain, s'amuse-t-elle en fonçant vers le couloir. Si je croise mon reflet maintenant, je risque de m'exorciser toute seule.

Je me dépêche de la suivre. La lumière du soleil entre en nappes chaudes par les rideaux à demi tirés. On dirait un matin normal, banal… sauf que je suis encore là. Moi qui voulais mourir il y a encore quelques jours, je me retrouve hypnotisé par une sirène.

Les choses deviennent presque routinières. Zoé claque la porte, tandis que de mon côté, je m'installe sur la chaise dans le couloir. À côté, nous avons placé un guéridon, sur lequel repose une tablette. J'aime bien regarder les actualités, au grand dam de Zoé, qui prétend que ça plombe mon aura. Chaque matin, elle médite – et m'oblige à méditer aussi, bien sûr... C'est plus douloureux que de participer à un congrès sur la positivité. Et encore, au moins là-bas, je suis sûr qu'ils distribuent des petits biscuits.

Résultat : elle respire la paix intérieure, pendant que moi, je me bats avec l'envie de hurler au scandale devant les infos.

Ce qu'elle ne sait pas, c'est que, pour moi, c'est déjà une forme d'introspection d'observer la sirène zen, les yeux clos, pendant que je me débats avec la bêtise humaine. Même si j'ignore pourquoi, depuis qu'elle est entrée dans ma vie, le monde me semble un peu moins idiot.

Une fois prêts à affronter cette nouvelle journée, enfin, à l'accueillir, comme dirait ma sirène, nous nous dirigeons vers la cuisine.

J'allume la machine à café. En parallèle, Zoé jette des fruits dans son blinder, avant de s'étirer comme un chat.

— Béa est partie tôt à la boutique, m'explique-t-elle. Le carnaval est une période spéciale. C'est là où le chiffre d'affaires explose. Elle choisit tout ce que l'on va devoir amener au marché de ce soir.

— Le marché nocturne ? T'es sérieuse ? La foule ? Le bruit ? Les odeurs de transpiration, et j'en passe.

— Rhhooo... Encore de la négativité... Vois-le plutôt comme des gens à rencontrer, avec qui échanger et apprendre de nouvelles choses. De la musique, des lampions, le parfum de la barbe à papa et des pommes au sucre. Tu m'aideras à présenter et à vendre des bougies magiques tout en gardant le sourire. Tu vas adorer. Et puis, je serai avec toi tout le temps.

— Bien obligé... en tout cas, ça sonne plus comme une punition infernale, qu'un séjour dans un coin paradisiaque.

— C'est marrant que tu dises ça. C'est pile ton domaine de compétence, il me semble.

Elle rit, pendant que je fixe cette étincelle dans ses yeux qui me désarme à chaque fois.

Je m'assois sur une chaise, la tasse entre les mains.

— Donc, si je comprends bien, ce n'est pas ce soir que notre super sorcière va de nouveau tenter de briser notre lien ? Enfin... Bien que pour la considérer comme super, il lui faudrait une cape rouge et surtout, réussir ses sortilèges.

— Pff ! J'imagine la tenue.

Elle rit carrément, et je n'en reviens pas qu'elle réagisse autant face à mon humour pourri.

— Mais non, finit-elle d'une voix éraillée.

Elle s'éclaircit la gorge, s'essuie le coin des yeux, avant de verser sa mixture dans une grande choppe agrémentée d'une paille.

— Je te l'ai dit, le carnaval c'est très important pour les affaires. On réessaiera demain. On n'est plus à quelques jours près de toute façon. Qu'est-ce que qui pourrait arriver de pire ?

— Mais plein de choses, justement ! On perçoit déjà les pensées de l'autre, certaines émotions, imagine que cela s'envenime. Que l'on se mette tout à coup à réfléchir de la même façon, par exemple ?

— Oh ! Ce serait trop amusant. Un Shane branché positivement, qui au lieu de porter des tee-shirts noirs, déciderait d'arborer une chemise hawaïenne avec de grosses fleurs roses.

— Quelle horreur ! J'ose espérer que ce ne sera pas demain la veille. En tout cas, moi, je ne veux pas me réveiller un matin en ayant envie de danser sous la pluie.

— C'est sous la lune, pas la pluie. Même si je suis certaine que tu serais mignon tout mouillé.

Je lève les yeux au ciel.

— Tu ne te souviens déjà plus quand tu m'as sorti du bayou ?

— Ça ne compte pas, tu empestais la vase et le désarroi.

Je hausse les épaules, l'air faussement résigné.

— Bon, très bien. Continuons de jouer les siamois maudits. On finira peut-être par ouvrir une chaîne YouTube que l'on appellera : « *Vie commune forcée, épisode 666 : le démon et la sirène font du café.* »

— Pour aller jusqu'à l'épisode 666, ce serait forcément un carton, assure-t-elle en sirotant sa mixture.

Elle a une petite trace rouge au coin des lèvres, qu'elle essuie du bout de la langue. Je détourne le regard. Trop tard.

— Et tu serais le démon grincheux, évidemment, ajoute-t-elle.

— Tant que je garde mon aura de mystère et que je peux boire autant de litres de café que je veux, tu as juste à m'indiquer où je dois signer.

Elle rit de bon cœur. Et je me surprends à penser que je ferais presque n'importe quoi pour continuer à l'entendre rire comme ça. Je sens le fil magique vibrer entre nous. Il pulse, à la fois chaud et vivant. Parfois, j'ai l'impression que ce lien a plus d'instinct que nous deux réunis.

— Que feras-tu, une fois le sortilège brisé ? demandé-je.

Son rire s'arrête net.

Bravo, Shane ! Ça, c'est du grand art. Il y a à peine deux secondes, tu songeais à l'écouter rire presque pour l'éternité, et voilà que tu casses l'ambiance avec ta question à la con.

— Euh...

Elle récupère le pot de sucre sur la table, puis se lève. Elle se hisse sur la pointe des pieds pour le ranger sur une étagère. Serait-ce un subterfuge pour éviter que je voie son visage ?

— Eh bien, j'imagine que je reviendrai à ma vie normale. Même si, attention ! Je ne dis pas qu'avec toi, elle n'est pas normale.

— Laisse tomber. Je n'aurais pas dû te demander ça.

Appuyée contre le plan de travail, les bras croisés, je sens le poids de son regard sur mon profil. Ses pas se rapprochent, puis elle s'installe à côté de moi.

— En tout cas, je trouve que ce lien fait plutôt bien les choses, en nous forçant à nous immerger dans la psyché de l'autre. J'ai l'impression que je te connais depuis toujours. Pas toi ?

— Si, c'est vrai, avoué-je. Mais tu vois, c'est aussi comme ça que les pactes démoniaques commencent. Quand on se dit « ce n'est pas si mal ». C'est un coup à finir mariés, ça.

— Rassure-toi, si on en arrive là, je choisirai les fleurs et la playlist.

Je lève ma tasse dans sa direction.

— Parfait. Et moi, je me chargerai du buffet infernal.

Elle rit encore, puis prend ma main pour m'amener dans le salon. Séance de méditation oblige...

Le reste de la matinée file doucement. Zoé s'affaire à son bureau, tout en examinant les cartons éparpillés sur le canapé et la table basse. Elle prépare des étiquettes, vérifie ses stocks. Béa envoie des messages en rafale pour s'assurer que tout sera prêt.

Je l'aide à déplacer quelques caisses, en pestant contre le poids des fioles et le manque de caféine.

— Tu te montres de plus en plus coopératif, commente-t-elle. Joueras-tu de nouveau le mannequin si le besoin s'en fait sentir ?

— Pourquoi ? Aurais-tu aimé ma démonstration avec l'huile, l'autre jour ?

— Possiiiiible...

Elle tente la carte du mystère. Peu importe. Je n'insiste pas, je le sais déjà.

Vers midi, elle se laisse tomber sur le canapé.

— On a bien avancé. Si on garde ce rythme, on sera prêts pour ce soir.

— Et après ? Tu comptes vendre des potions jusqu'à l'aube ?

— Nooon... jusqu'à épuisement des stocks. Il faut que l'on reparte les mains vides. Je n'ai pas l'intention de ramener tout ça !

— Tu plaisantes. Accompagne-moi dans un casino, et après deux heures de temps, je te promets de ressortir avec assez d'argent pour acheter toute la boutique.

Nous rigolons. Je suis bien conscient que sa morale l'empêcherait de me laisser faire.

— Et toi, tu seras mon garde du corps officiel.

— Très bien. Je grognerai sur les clients trop insistants.

— Non, tu te contenteras de sourire.

— C'est douloureux, tu sais ?

Elle rit encore. Et moi, mes lèvres s'étirent aussi, sans même m'en rendre compte.

∞

L'après-midi s'écoule sous un soleil écrasant. La Nouvelle-Orléans vibre sans arrêt. C'est la ville où la fête bat son plein tout le temps, encore plus en ce moment. Les différents airs de musique se mélangent aux cris des vendeurs ambulants.

Zoé m'entraîne d'un pas vif à travers les rues, son panier au bras. Dix mètres. Toujours. C'est à la fois une distance de sécurité et un fil invisible qui nous unit au milieu de la foule. La chaleur de la magie entre nous devient presque vivante.

— Il faut trouver des guirlandes pour le stand, déclare-t-elle. Et des fleurs aussi. Beaucoup !

— Tu veux attirer les clients ou les papillons ?

— Les deux. C'est superbe les papillons.

Elle s'arrête net devant un étal débordant de bougies artisanales. Le vendeur, un type à moustache avec un fort accent cajun, lui offre son plus beau sourire.

— Mademoiselle, vous illuminez déjà la rue, malgré tout prenez-en une, pour la forme. C'est cadeau.

Je tousse. Bruyamment. Zoé lève les yeux au ciel, amusée.

— Merci, c'est gentil, minaude-t-elle. Mais j'ai tout ce qu'il faut pour éclairer mes soirées.

Elle jette un regard en coin dans ma direction.

Génial ! Je deviens officiellement son ampoule de secours.

— Monsieur a bien de la chance, rétorque le vendeur.

Je me retiens de hausser les sourcils.

— Oh, vous n'avez pas idée, grommelé-je.

Le marchand éclate de rire, sans comprendre à quel point je suis sérieux. Je préfère me détourner, pour essayer de ne pas entendre la suite de leur conversation. Cependant, mon regard intercepte les joues de la sirène qui se parent d'une jolie teinte rosée.

— Il ne serait pas un peu jaloux, votre ami ? lance le moustachu dans mon dos.

— Disons surtout qu'il est protecteur.

Je grogne, et Zoé glisse son bras sous le mien, pour m'entraîner plus loin.

— Tu prends ton rôle de garde du corps très à cœur, à ce que je vois.

Si je lui confesse que j'aurais volontiers enfoncé un de ses cierges dans la gorge du vendeur, je risque de passer pour un rustre. Donc ? J'opte pour le silence – presque solennel.

Nous continuons à travers les allées bondées, entre les effluves de maïs grillé, de sucre chaud et de magie diffuse. La vraie magie, celle que seuls les initiés sentent palpiter sous les lampions. La foule se densifie. Par crainte d'une douleur imminente, je suppose, Zoé reste accrochée à moi, comme une moule à son rocher. Ou plutôt, comme une sirène à son démon...

— Tu sais, déclaré-je en haussant la voix pour couvrir la musique, je commence à croire que Béa a fait exprès de rater son sort.

— Qu'est-ce que tu racontes, encore ?

— Si, je suis sérieux. Je pense que le but, c'était de m'obliger à supporter tes playlists et tes smoothies à la spiruline.

Elle me tire la langue.

— Ou peut-être que le destin avait juste envie de te donner une seconde chance en te montrant qu'une autre voie était possible.

— Tu veux dire... en me condamnant à la cohabitation éternelle ? Charmant.

Soudain, elle me lâche, pour se jeter sur une guirlande de fleurs multicolores.

— Avoue que tu t'amuses un peu. Tu sais qu'avec notre lien, il est difficile de me cacher des choses.

Je hausse un sourcil.

— Difficile, pas impossible. Mais je reconnais que subir ton enthousiasme débordant… C'est une torture…

Sa bouche s'arrondit en un « o » parfait.

— Raffinée, ajouté-je, goguenard.

Ses lèvres s'étirent en un joli sourire.

— Alors arrête de râler, et aide-moi à choisir.

Elle me tend deux guirlandes : une violette et une dorée.

— Laquelle te paraît la plus… magique ?

— Aucune. Celle-là ressemble à une frite géante, et l'autre serait parfaite sur un sapin de Noël.

— Décidément… On dirait bien que ton sens de l'esthétisme est coincé en enfer.

— C'est là où il se sent le mieux.

Elle soupire, exaspérée, avant d'acheter les deux. Le vendeur la salue d'un clin d'œil un peu trop appuyé, et mes nerfs s'enflamment.

— Encore un, marmonné-je. C'est quoi ce concept ? Sérieux ! Ils offrent les œillades avec les guirlandes, maintenant ?

— Ne sois pas grognon. En plus, si ça continue, je vais penser que tu tiens à moi.

Je retiens un frisson. Pas de dégoût, non ! Juste une crainte… celle d'être mis à nu… d'être pris en flagrant délit.

— Je ne suis pas grognon. J'observe… avec discernement.

Elle rit. Et je finis par sourire aussi.

Après tout, peut-être qu'elle a raison : le carnaval, c'est un peu comme elle.

Vivant, bruyant, lumineux... et impossible à ignorer.

***

En rentrant, le soleil décline. La lumière se pare de reflets orangés. À peine avons-nous poussé les portes de la boutique, que Béatrice nous met le grappin dessus.

— Je commençais à m'inquiéter. Heureusement, vous êtes dans les temps.

— Tu en doutais ? s'étonne Zoé.

— Un peu... réplique la sorcière. Je vois bien ce qui se trame entre vous, et tu aurais pu « oublier ».

Elle mime les guillemets, pendant que Zoé rougit. Tchaka saute de son étagère sur le comptoir dans un *vlan* retentissant – celui du *chat qui se prend pour une enclume*, et qui atterrit avec toute la dignité d'un sac de patates, juste parce que monsieur a décidé que la grâce féline, c'est surfait.

— Ouais, approuve-t-il. Moi aussi, je l'ai remarqué. Je n'ai même plus le droit de venir dans ta chambre la nuit, Zoé. Qui c'est qui ferme la porte ? C'est lui ou c'est toi ?

Comme de toute façon personne ne peut répondre au greffier devant les clients présents sans que cela soit suspect, je préfère détourner la conversation.

— Il faudrait commencer à charger la camionnette.

Je ressens à nouveau cette étrange dualité : un démon qui s'apprête à transporter des bougies parfumées pour agrémenter le stand d'une boutique ésotérique. J'étais une risée pour mes congénères, mais là, j'ai décroché la palme de platine. Cependant, lorsque Zoé se retourne pour me remercier d'un sourire sincère, j'oublie tout.

Chapitre 19

Zoé

Si l'efficacité avait un parfum, ce serait la cire d'abeille et le carton neuf. Shane m'apporte les caisses stockées dans l'arrière-boutique, et de mon côté, je les empile dans la camionnette garée juste devant la porte. La distance entre nous est limite, mais gérable. Pas comme le rangement…

Pendant que je galère à tout placer de façon méthodique, Shane en soulève deux comme s'il jouait avec des coussins. Il pourrait au moins faire semblant que c'est lourd. J'essaie de respecter ma liste : « Bougies d'intention, brumes, élixirs, présentoirs (ceux qui ne s'écroulent pas à la première brise). »

— Ne t'éloigne pas trop, rappelé-je en pointant du doigt le bas de mon dos.

— Dix mètres, je ne risque pas de l'oublier… Si j'avais su, on aurait cherché un mètre ruban, au lieu d'une guirlande qui ressemble à un spaghetti lumineux.

Je ris. Notre duo commence à être très au point. Quand je dis « attention », il répond par sarcasme.

Béatrice va rester à la boutique avec Tchaka, pendant que moi, je vais remplir ma part de l'accord qui m'a permis d'aller nager… Et par extension, de sauver Shane de la noyade. Donc, ce soir, le marché, c'est nous deux. Je suis contente d'affronter cette corvée en sa compagnie plutôt que d'être seule.

— Tu as pris tout ce que Béa t'a indiqué ? demandé-je pour la troisième fois.

— Oui, mon Colonel, confirme Shane. Même ta fameuse guirlande dorée qui ressemble à une frite géante.

— J'assume. Les papillons vont adorer.

Il hausse un sourcil.

— Des papillons de nuit, alors…

Je fais semblant de ne pas entendre, et fonce me mettre au volant.

Le marché s'ouvre comme un éventail : lampions orange, guirlandes électriques, plumes, paillettes, musiciens qui accordent leurs cuivres et fritures qui crépitent. Nous trouvons notre emplacement, dans une alcôve, sous une petite arche en fer forgé, à deux pas d'un stand de beignets qui dégage une délicieuse odeur de fête foraine.

— On commence par la nappe, indiqué-je.

— Oui, chef, rétorque Shane en déroulant la toile crème. Le démon obéissant, ce sera ma ligne de conduite, désormais.

Je le sens enjoué, voire enthousiaste. Je m'en réjouis.

— Ah bon ? C'est nouveau, mais j'aime bien. Donc, si je te demande de jouer le cobaye et de t'appliquer de l'huile sur le torse...

— Je le ferai. Mais, attention ! Ce sera uniquement pour te faire plaisir.

Il m'adresse un petit clin d'œil. Surprise, je me penche sous la table, en faisant mine d'attraper des bougies. C'est une excuse. En réalité, je mords ma lèvre pour retenir un sourire et camoufler mes joues qui s'échauffent. J'ai l'impression d'avoir avalé une luciole bouillante.

Nous montons le stand avec une synchronicité qui doit être belle à voir. Il cale les pieds du présentoir pendant que je suspends les guirlandes. Et alors que je nous félicite d'être aussi productifs et organisés, il ne râle que pour le principe, avec ce ton qui sonne plus doux qu'il ne le veut. J'aligne les bougies par couleur (rose, « sérénité » ; bleu, « clarté » ; vert, « pause, on respire »), nos sprays par usage (sommeil, légèreté, nouvelle page), et les petits talismans en nacre sur un plateau qui accroche la lumière.

— Il manque plus que le panneau, je crois ? observe-t-il.

— Exact, confirmé-je.

Je sors ma jolie pancarte « La Lune Rousse – Curiosités & bien-être », que je pose en évidence sur la table.

— Si avec ça tous les papillons des alentours ne se radinent pas, je ne comprends plus rien.

Surprise qu'à son tour il songe de cette manière, je me tourne vers lui d'un geste vif. Il me répond par un autre clin d'œil assorti d'un mini sourire, et via notre lien, je sens… je crois que c'est… un élan de tendresse. Je n'en suis pas sûre, malgré tout, son acte me réchauffe de l'intérieur.

L'enceinte se remplit de musique et de babillages. Les premiers badauds s'approchent, attirés par l'odeur de vanille et la danse hypnotique de nos bougies tests. Je prends ma voix de vendeuse… C'est-à-dire plus lente, mais surtout plus hésitante. Je déteste avoir affaire aux clients en vrai. Je suis tellement plus à l'aise derrière ma caméra. Je m'éclaircis la gorge et je débute.

— Bonsoir ! Bienvenue à La Lune Rousse. Aujourd'hui, on a reçu des nouveautés : une huile de recentrage odeur sauge-vanille, dont la promesse est « je respire, tout va bien ». Je peux également vous proposer un élixir de clarté mentale. Son utilisation est très prisée lors de réunions, qu'elles soient professionnelles ou familiales. Ou bien le lendemain d'un carnaval un peu trop festif, tenté-je avec humour.

Leurs visages fermés me font perdre mon sourire. Mes joues s'échauffent. Ma respiration devient lourde et laborieuse. À cet instant, et pour la première fois, je regrette vraiment ma baignade.

— Sinon, on peut aussi vous proposer des bougies qui mangent votre oxygène *et* vos âmes, précise Shane d'un ton sec.

— Oh ! s'exclame une cliente.

Elle nous lance un regard furibond, avant de s'éloigner au pas de course. Je pince mes lèvres entre mes dents, et porte une main devant ma bouche pour camoufler mon envie de rire. Comme je sens que ce n'est pas suffisant, je me retourne vers le mur, derrière nous, et je me laisse aller à pouffer.

— Merci, soufflé-je soulagée. Mais, rassure-moi. Tu sais que nos bougies ne *mangent* pas les âmes ?

— Elles non, confirme-t-il en haussant les épaules. Moi, par contre...

— Pff... Tu ne les dévores pas non plus ! observé-je.

— Je les envoie juste en enfer. Ce qui revient un peu au même. Reconnais qu'il fallait que j'intervienne. Tu avais besoin de mon aide... pour une fois.

Touché !

Cependant, je n'ai pas le temps de répondre. Une jeune femme explose notre bulle d'intimité en tendant un collier à Shane.

— J'adore les pierres de lune. Vous pourriez me l'attacher pour que je voie comment il rend sur moi ?

Comme par hasard, c'est à lui qu'elle demande, pas à moi. J'observe la scène, tandis qu'un sentiment étrange s'invite dans ma poitrine. Mes doigts se crispent, avant de se refermer. Mes poings se contractent. Mes dents crissent sous la pression. Mes sourcils se froncent.

Shane se penche au-dessus de la table, pendant que la cliente minaude en soulevant ses longs cheveux châtains.

— Vous avez les mains chaudes, c'est agréable.

La flamme d'une bougie accroche le profil de Shane. Les ombres jouent sur sa mâchoire. J'ai envie de balancer un truc du genre : « Il n'y a que le bijou qui est à vendre, pas le démon », mais je me retiens.

Professionnelle, Zoé. En plus, c'est une humaine, tu ne peux pas dévoiler la nature de Shane !

Malgré tout, je ne résiste pas plus longtemps.

— Je peux aussi vous proposer d'autres pierres, qui s'accorderont parfaitement avec votre teint et votre aura.

De dragueuse invétérée, songé-je.

— Et... c'est pour quoi faire tous ces sprays ? interroge un adolescent avec un look un peu hippie.

Je lance un regard dérouté vers Shane. Il me sourit l'air de dire, *c'est bon, je gère.* Pas le choix, je dois m'occuper de ce client.

Les transactions démarrent. Des petites, des moyennes. Un couple opte pour un aphrodisiaque, une grand-mère s'offre « la paix intérieure en flacon » pour sa table de nuit, un jeune homme sniffe l'odeur de vanille comme s'il invitait un souvenir. L'air est tiède. Un trombone accroche un riff à quelques stands. La friture grave son parfum dans la soirée.

— Tu t'en sors super bien, toi, avec les clients chuchoté-je à Shane.

— Je fais semblant surtout, rétorque-t-il, amusé. Mais c'est surtout parce que j'ai un bon exemple.

Je ne réponds rien. Je préfère glisser une étiquette sous un baume, sinon mon sourire va me trahir.

Un petit groupe arrive en gloussant. Trois filles dans la vingtaine avec des paillettes jusqu'aux cils.

— C'est toi ! lance l'une d'elles en me pointant du doigt. *Et le voilà... C'est lui*, le mannequin du live.

Super ! Il ne manquait plus que ça. Les cœurs Instagram se sont téléportés jusqu'au marché nocturne.

— On peut voir l'huile de... de recentrage ? demande la deuxième, portable en main.

Shane ne bronche pas. Il se contente de sourire, sans doute flatté par tant d'attention. Il saisit le flacon, qu'il débouche, puis dépose une noisette dans sa paume. Il frotte son avant-bras sous le regard déçu des trois pimprenelles. Malgré tout, l'effet opère. La sauge flotte, la vanille aussi. Et les filles se détendent.

— L'odeur... c'est... hum... hésite l'une en claquant des doigts.

— Officiellement, c'est recentrage. Mais en réalité, officieusement, c'est la voix dans la tête qui dit : « ça va aller », résume-t-il.

— Ah ouiiii, s'extasie la seconde. Et quelle voix...

— J'en veux un, dit la troisième. Non ! Deux, plutôt.

Shane boucle les transactions avec brio. Lorsqu'elles repartent en riant, j'ignore mon cœur qui palpite de façon anarchique.

— Voilà, conclut Shane. Marketing par les abdominaux : 1. Cynisme : 0.

— Tu vois que tu es très utile, glissé-je.

— Bien sûr ! Je vais réviser mon CV tout de suite, d'ailleurs. Entre : doué pour faire signer des pactes et envoyer les âmes en enfer, je vais ajouter : porte des cartons comme personne, et vend par accident. Tu m'engages ?

— Sans la moindre hésitation, lancé-je un peu trop vite.

Il penche la tête, amusé.

— Madame ? Je peux vous poser une question ?

Ouf ! Sauvée !

La soirée avale les minutes. On fait une très belle nuit. Les billets se plient dans ma boîte. Les sacs en papier kraft disparaissent. Les lampions nous enveloppent de doux halos colorés.

Quand le dernier client s'éloigne, je m'appuie sur la table et pousse un long soupir satisfait.

— On a survécu. Et sans cramer qui que ce soit, déclaré-je. Tu vois que ta crainte n'était pas justifiée. Je te l'avais dit.

— Comme quoi, tout arrive, murmure Shane.

Je tourne la tête vers lui. Ses yeux accrochent les lumières du marché, et pendant une seconde, j'ai l'impression que quelque chose se calme en lui. Comme si la nostalgie habituelle s'était faite minuscule, remplacée par... autre chose.

— Tu as vu ? murmuré-je. Tu es presque sociable, maintenant.

— Merde ! Tu m'as contaminé, alors, s'amuse-t-il.

On rit, puis on décide de commencer à ranger. Les guirlandes s'enroulent. Les bougies refroidissent, et la musique des stands voisins s'éloigne peu à peu. Le vent s'engouffre par les portes grandes ouvertes. Sa caresse tiède frôle mon visage avec douceur.

Autour de nous, les autres exposants plient aussi bagage. Les rires se mêlent aux froissements de tissus, au tintement du métal, au cliquetis des verrous qu'on ferme. C'est un joyeux bazar de fin de fête.

J'observe Shane soulever les cartons – il a cette façon tranquille, presque paresseuse, de bouger, comme s'il contrôlait le monde entier sans forcer. À cet instant, je me dis que le marché n'était peut-être pas une si mauvaise idée.

— Tu sais quoi ? annoncé-je. Je crois que j'ai passé une bonne soirée.

Il me lance un regard en coin, sans rien répondre. Juste un sourire. Et c'est suffisant.

Je prends une grande inspiration. L'air sent le sucre, la cire, et surtout la mer – un mélange impossible, mais familier.

Cette soirée restera longtemps gravée dans ma mémoire, c'est certain.

Chapitre 20

Shane

La Nouvelle-Orléans a une façon bien à elle d'achever les festivités. L'ambiance reste légère. Les rues touristiques sont jonchées de tapis de confettis. Sous le marché couvert, un food-truck de tacos ferme son volet, pendant qu'un musicien emballe son saxophone. Une brise tiède s'engouffre par les portes grandes ouvertes. Elle chahute un parfum de barbe à papa mélangé à celui du sel. La soirée se termine sur un fatras de cartons mous, d'odeurs de friture, et de rires qui s'égrènent. La Lune Rousse a plutôt bien vendu. Zoé rayonne sous la guirlande d'ampoules multicolores, un stylo coincé derrière l'oreille, les doigts tachés d'encre.

— Encore ces trois-là et on file ! s'exclame Zoé. Tu veux bien prendre les bains de Vénus pendant que je range les encens ?

— Les bains de Vénus avant les encens, compris, chef ! confirmé-je, comme si l'ordre avait un sens cosmique.

Elle sourit.

Je hisse un carton sur le diable – quel drôle de nom pour un objet à roulettes –, puis un second. Tel un robot mécanique, j'agis sans réfléchir. Un peu comme si j'avais fait ça toute ma vie. C'est étrange...

Je traverse la petite ruelle derrière la salle du marché, jusqu'à la camionnette. Mes pas résonnent sur les pavés.

J'avance, concentré sur ma tâche, quand je m'arrête net.

Intrigué, je fixe le trottoir comme s'il allait me fournir une explication. Je me retourne, pour jauger la distance... Je suis certain de me trouver à plus de dix mètres d'elle. Je tente de ressentir ses émotions, de capter une pensée trop lumineuse pour m'appartenir. Rien. D'un pas hésitant, je pousse encore d'un mètre... puis un autre.

C'est le calme plat. Plus aucune sensation détestable, ou agréable...

L'espace d'un instant, je me sens démuni, comme si j'avais perdu quelque chose d'important. Je touche le bas de mon dos. Je suis conscient que ce geste est ridicule, cependant, je ne peux pas m'en empêcher. Je cherche quelque chose d'invisible, d'immatériel. Je me contorsionne pour vérifier...

Rien.

Plus rien.

Le lien a rendu l'âme. Pour la première fois depuis des jours, je suis libre d'avancer sans entraves.

La fuite me tend les bras, vile tentatrice. Je pourrais partir en courant, tourner au coin de la rue, et disparaître.

Redevenir ce que j'excelle à être : un homme qui évite. Un lâche, comme diraient certains.

Je respire. Son rire résonne dans ma tête, accompagné de ses yeux bleus qui pétillent de vie et de joie. Je la revois quand elle fronce le nez pour lire une étiquette. L'énergie qu'elle déploie pour rassurer des inconnus, qui repartent plus légers rien que parce qu'elle les a regardés comme s'ils comptaient.

Je me dépêche de tout charger, puis mes pieds font demi-tour. Tout s'est déroulé de façon mécanique. Mon cerveau n'a rien ordonné. C'est comme s'il s'était calé sur pause.

— Tu en as mis du temps, note Zoé à mon retour. Tu t'es perdu ? Dix mètres pourtant, la marge est réduite.

Je hausse les épaules.

— Pff...

Ça ne me ressemble pas de ne pas rétorquer, seulement, là, je ne sais pas quoi dire. Je pensais... ou plutôt, je crois que je craignais qu'elle se soit rendu compte que le lien était dissous.

Elle lève la caisse d'encens, et je la prends sans discuter. Nous travaillons en cadence, comme mon cœur qui cherche à retrouver la sienne. Entre deux battements à peu près normaux, son téléphone s'affole.

— C'est un texto de Béa, m'informe-t-elle.

Merde ! Se peut-il qu'à cette distance la sorcière ait senti la rupture du lien ? Elle doit sans doute lui demander ce qu'elle ressent, d'être enfin libérée de son fardeau démoniaque.

— Elle dit qu'elle a commencé l'inventaire, car elle a super bien vendu, et qu'elle s'inquiète des stocks. Elle souhaite que nous laissions la camionnette chargée dans la ruelle derrière, juste devant l'entrée. Elle s'en occupera et ne veut pas être dérangée dans ses comptes.

— En clair, nous allons avoir l'appartement pour tous les deux une bonne partie de la nuit ?

— Oui, confirme ma sirène. Par contre, la contrepartie, c'est que nous allons devoir ouvrir la boutique à 14 h, et gérer la clientèle tout l'après-midi.

— On a l'habitude après ce soir. Ne t'inquiète pas, ça va le faire !

— Depuis quand es-tu devenu si optimiste ? s'étonne-t-elle.

— Depuis que tu m'as contaminé, souviens-toi !

Nous finissons de sangler les caisses en riant. La place du marché se vide jusqu'à n'être plus qu'une constellation de rubans collants, de taches de cire et de paillettes.

La route jusqu'à la boutique est courte, comme si la ville était pressée de nous ramener à bon port. Zoé conduit en fredonnant une chanson française que j'ai déjà entendue il y a longtemps : *Joe le taxi*. En passant devant La Lune Rousse, je distingue la silhouette anguleuse de Béatrice, penchée sur le comptoir. Tchaka se tient à ses côtés, perché sur la caisse.

On gare la camionnette en suivant à la lettre les instructions de la sorcière. Cependant, malgré notre effort de discrétion, la porte de service couine à notre entrée. L'odeur familière de sauge et de cire nous enveloppe. Béatrice relève la tête d'un geste vif.

— Ah, c'est vous ! s'exclame-t-elle.

— Pourquoi ? Tu attendais quelqu'un d'autre ? tente Zoé, sans doute pour la détendre.

— Pas le temps ! réplique-t-elle. 14 h, demain !

— Oui, ne t'inquiète pas !

Elle ne nous répond même pas.

— Tchaka, tu dictes, je coche.

Nous grimpons l'escalier en colimaçon. À l'étage, le couloir nous accueille avec ses tableaux bizarres, et ses lumières ornées d'abat-jour rouges. La cuisine ressemble à un comptoir de bar de quartier qui aurait décidé de prendre sa retraite. Un vrai capharnaüm ! On sent que la journée a été compliquée pour tout le monde.

Zoé se laisse tomber sur une chaise.

— J'ai mal aux pieds et je meurs de faim, ronchonne-t-elle, en se déchaussant. On se fait livrer quelque chose ?

J'observe un instant ses orteils peints en rose, comme si j'allais y dénicher une réponse. Ou pour éviter de m'avouer qu'ils m'hypnotisent.

— Tu sais quoi, je vais te montrer mes talents de marmiton. Je devrais bien trouver quelque chose dans tout ce bazar.

— Parce que tu cuisines, toi ? Ça fait des jours que tu es là, et à part toucher la cafetière, tu n'as rien voulu faire d'autre.

— Pour être exact, je popote. Ne t'attends pas à un plat cinq étoiles.

— À cette heure-ci, tout me conviendra. J'ai l'impression que je pourrais avaler une baleine tout entière, si elles n'étaient pas aussi sympas.

Je pouffe.

— Si tu l'dis. Je vais te croire sur parole.

Je commence à fouiller les étagères à la recherche d'idées.

— D'accord ! s'exclame-t-elle en se levant. Je fais quoi ?

— Rien. C'est là toute la beauté de la chose. Tu t'assois et tu me laisses faire. Tu n'as qu'à me regarder et prétendre que je suis un être humain normal. C'est un traitement médical.

J'ouvre le seul placard. Jour impair. Dommage pour le placard vicieux. Je sors un paquet de spaghettis, que je pose à côté de la cuisinière. Puis je déniche de l'ail, deux citrons, un joli morceau de beurre, et du persil. Parfait.

— Ooohhh... Je suis une patiente très docile quand le protocole inclut des pâtes.

Je mets une casserole d'eau à chauffer. Le gaz ronfle. La flamme lèche le métal. Du coin de l'œil, j'observe la sirène. Elle a les coudes sur la table, la joue dans la paume, telle une enfant décidée à rester éveillée jusqu'au générique de fin.

— Tu prépares quoi, exactement ?

Je pose la planche à découper à côté d'elle, pour hacher l'ail. Le couteau émet ce chant intimiste qui m'a toujours apaisé. Il y a dans la cuisine un type de magie qui n'exige ni serment ni cercle de sel.

— Des pâtes au citron et à l'ail, qui malgré sa mauvaise réputation, apporte un goût exceptionnel ! Avec un bon morceau de beurre, tu m'en diras des nouvelles. Et, si tu es très gentille, je flamberai une banane avec mes petits doigts de démon.

— C'est très alléchant, souffle-t-elle, sérieuse.

Le beurre fond, mousse, chuchote. L'odeur se déploie, simple et chaude. Je sale l'eau « comme un marin qui a de l'humour », disait un vieux chef. Les spaghettis plongent en pluie jaune. Zoé m'observe, et j'aime cette sensation. Je me sens bien, je crois.

— Tu sembles... différent ce soir, hésite Zoé. Moins sur la défensive.

— La fatigue, peut-être. Ou alors, il est possible que je commence à m'habituer.

— À moi ?

Nos regards s'accrochent. Nous tenons la pose une seconde, trop longue pour ne pas éprouver au fond du ventre un minuscule basculement. Je toussote, et me retourne pour remuer les pâtes.

— L'habitude que les choses soient moins compliquées qu'elles n'en ont l'air. Puis j'aime cuisiner. Ça me détend.

Elle hoche la tête.

— Si j'avais su, je t'aurais confié les fourneaux tous les jours.

Les spaghettis s'assouplissent. Je coupe le feu, puis j'égoutte les pâtes, en prenant garde de garder un peu d'eau de cuisson. Je verse le tout dans le beurre à point avec l'ail. Un tour de moulin à poivre, et pour finir un peu de zeste du citron, sans oublier le persil. La vapeur nous enveloppe comme un rideau discret.

— C'est prêt, annoncé-je.

Je dépose la poêle au centre de la table, sur un dessous en liège cabossé. Zoé se rapproche en faisant traîner sa chaise. Je nous sers deux belles assiettes, puis je m'assois en attendant le verdict. Elle goûte, ferme les yeux, puis un sourire franc illumine son visage.

— Hum... Si le bonheur avait une saveur, ce serait celle-là.

— C'est un chef français qui m'a initié.

Elle fronce les sourcils.

— Tu lui as fait signer un pacte ?

— Cela va influencer ton repas ?

La bouche pleine, elle secoue la tête, avant de se dépêcher d'avaler.

— Certainement pas. C'est trop bon.

Je souris, et la regarde, avec le plus de discrétion possible, manger de bon cœur. Cependant, lorsqu'elle finit, elle pose sa fourchette, puis ses doigts jouent avec le bord de l'assiette.

— Shane... Maintenant que l'on se connaît mieux, et là, que tu sembles détendu... Tu veux bien me dire... Pourquoi le saut du pont ? Je ne te force pas. J'aimerais juste... comprendre la personne avec qui je partage ce délicieux plat de pâtes au milieu de la nuit.

La cuisine vient de se transformer en conque. Tout ce que je vais détailler entre ces murs va résonner en moi, et je redoute la douleur.

Lâche !

Non ! Je me mens à moi-même, là ! Ce n'est pas la douleur qui me fait le plus flipper. C'est son regard sur moi. Seulement, après tout ce qu'elle a fait pour m'aider, je lui dois bien la vérité.

— OK.

Juste deux lettres, qui amorcent ma pire descente aux enfers. Je me redresse, et pose les paumes à plat sur le bois tiède. Son parfum de lavande flotte jusqu'à mes narines. Autant m'y appuyer pour trouver un peu de courage.

Zoé ne bouge pas. Elle se contente d'avancer sa chaise de quelques centimètres, assez pour que son genou frôle le mien. Sa main douce et légère vient se placer sur le dos de la mienne.

— Je t'écoute. Et promis, quoi que tu dises, ça restera entre nous, sans jugement.

Le silence vibre, plein d'ail et de citron. Mon cœur cogne si fort que l'on croirait un bruit de vieille tuyauterie en train de s'étouffer. J'aspire l'air lentement, jusqu'à ce qu'il cesse de gratter.

Je pourrais encore me lever, sortir, éviter. Le lien n'est plus là, rien ne n'empêche de me barrer.

Au contraire... J'attrape ses doigts comme on noue une amarre.

— D'accord, soufflé-je. J'y vais.

Nos regards se tiennent, sans filet. Sa main ne quitte pas la mienne.

J'ouvre la bouche.

Le monde retient son souffle.

Le lien a disparu.

Mes peines et ma culpabilité, non.

Cette confession m'aidera-t-elle à me réparer ?

Chapitre 21

Zoé

La cuisine sent encore l'ail et le citron. La nuit, dehors, fait semblant de chuchoter pour ne pas nous déranger. Des cris et des rires s'élèvent du faubourg.

Je tiens la main de Shane. Il a dit « OK ». Deux petites lettres qui ouvrent une énorme et lourde porte.

Je cale mes pieds sur le barreau de la chaise pour ne pas gigoter comme une gosse le soir de Noël. J'ai l'impression très nette que si je fais trop de bruit, les paroles vont s'envoler. Alors je calme ma respiration, comme si je méditais, et je le laisse choisir le rythme.

— J'étais...

Il s'interrompt.

C'est comme si le premier mot devait traverser un champ de mines. Je reste bien immobile, sauf mes doigts, qui s'accrochent plus fort aux siens.

Il souffle, avant de hocher la tête.

— J'étais un gars normal. Un humain... mais ça, ce n'est pas un scoop... Tout comme tu as déjà compris que j'étais un peu sensible. En fait... J'étais surtout un incorrigible romantique. C'est ma mère qui m'a élevé. Est-ce que c'est pour cette raison ? Je n'en sais rien. Elle m'a donné le goût de la poésie. J'aimais écrire des lettres... parfois trop enflammées... métaphoriquement parlant ! précise-t-il avec précipitation.

Je pince les lèvres tout en lui offrant un petit sourire timide.

— J'avais compris.

— Oui... bien sûr que tu avais compris... Enfin... je faisais des trucs normaux, aussi.

— Il n'y a rien d'anormal à écrire des lettres, le corrigé-je. Beaucoup de très beaux poèmes ont été composés par des hommes.

— Ouais... peut-être...

— Mais continue, pardon !

— Hum... En tout cas, à mon époque, ce n'était pas courant. J'appréciais déjà de cuisiner, de préparer des tartes aux pommes... je collectionnais même les tickets de théâtre, que je conservais dans mon portefeuille. Tu vois l'idée.

— Très bien, oui.

Mon cœur se serre de gratitude face à ses confidences.

— Et, elle est arrivée… Elle… Celle dont je suis tombé amoureux. Pas juste un : « Ah, elle me plaît. » Non. La version grand format. Toute ma vie s'est réorganisée autour d'elle. Je croyais qu'on appelait ça l'évidence. Ce n'en était pas une. Elle m'a aimé… peut-être. Ou bien elle a aimé la manière dont je l'aimais. Ce n'est pas la même chose. Il y a eu des promesses, implicites parfois. Et surtout, il y a eu trop de silences, puis des distances, puis des retours, puis de nouveau des distances. Je me suis usé à espérer au lieu d'apprendre à respirer sans elle.

Sa voix ne tremble pas. Elle a ce grain calme qui se met en place quand on a beaucoup pleuré et que les larmes ont décidé de se reposer. Je serre sa main, juste un peu plus. Il me rend la pression comme pour me remercier, ou me faire comprendre qu'il apprécie et qu'il n'a pas oublié que je suis là, en soutien.

— Un jour, reprend-il, j'ai réalisé que je n'étais pas en couple. J'étais en orbite. Elle était le centre, mon soleil. Et si j'étais éjecté hors de sa gravité, j'allais sombrer… me désintégrer… Puis… le pire est arrivé.

Il marque une pause.

— Elle a rompu. Je l'aimais trop… J'ignorais que l'on pouvait aimer trop, trop fort…

Il se tait, les yeux perdus dans le vague. Je n'ose pas interrompre le fil de ses pensées, alors je patiente.

— J'étais devenu une coquille vide, reprend-il d'une voix blanche. Ma mère a contracté la tuberculose quelques semaines plus tard. Quand je me suis retrouvé tout seul, j'ai réalisé que l'idée de retomber amoureux de quelqu'un d'autre me terrorisait. Je ne me sentais pas armé pour encaisser une seconde chute. Je ne voyais plus mes amis depuis longtemps, j'étais livré à moi-même... Avec toutes ces émotions qui m'assaillaient... Ces pensées qui me torturaient... C'était devenu insupportable...

Il inspire un grand coup.

— Je n'ai jamais appris à nager... Alors j'ai choisi... cette sortie. Celle que j'ai voulu à nouveau emprunter il y a quelques jours, et dont tu m'as extirpé.

Mon cœur rate un battement. Je ferme les yeux une seconde, puis je les rouvre pour ne pas louper la suite.

— L'enfer, continue-t-il, c'est très administratif au début. On te forme et on te taille un costume. On le serre très fort autour de tes épaules pour être sûr qu'il répond aux exigences. On te donne des outils, et on t'explique que faire mal est un métier comme un autre. C'est de cette façon que je suis devenu démon... par décret. Sauf que je suis un très mauvais démon. J'ai essayé de me conformer, de m'endurcir, de me glisser dans le moule... Je n'y arrive pas. Je déteste ce que je suis censé être. J'ai honte de ce que j'ai fait pour tenter d'y parvenir... Et maintenant, j'ai même peur.

Il lâche un rire sans joie.

— Comme si ma culpabilité et mon mal-être ne suffisaient pas. Désormais, je crains de faire du mal sans m'en rendre compte. De TE décevoir... De TE blesser... Et aussi... J'ai peur de recommencer à aimer et de tout foutre en l'air sans même l'avoir décidé.

Il sourit, triste et doux à la fois. J'adorerais répondre, mais le temps que je trouve mes mots, il continue.

— Le pont, c'était la solution de facilité. J'étais si fatigué... Je voulais juste... que ça s'arrête. Puis tu es arrivée... avec ton timing ridicule et ta force de musaraigne dopée à l'adrénaline.

Je pouffe malgré moi.

— Tu m'as tiré au bord... Tu m'as engueulé... sermonné, puis engueulé encore. Mais surtout... tu m'as regardé comme si j'étais une personne... pas un déchet. Le lien s'est ajouté à tout ça, et j'ai été furieux. J'appartiens déjà à l'enfer... Alors, me retrouver en plus branché à une sirène...

Une autre pause, durant laquelle je cherche de nouveau quoi dire.

— Puis je me suis rendu compte d'un truc... Ce n'était pas le sort le problème... ni toi... la sirène qui essaie de toujours voir le verre à moitié plein. C'était moi. Mais si je l'ai compris, c'est grâce à toi. Ta façon d'aborder la vie... J'ai décidé de m'en inspirer.

Je me mords la lèvre pour ne pas pleurer. Je respire fort par le nez, tant je suis émue. Mon parfum à la lavande se mélange à celui du citron.

— Voilà, conclut-il doucement. Je ne demande pas de pardon. Je n'ai pas d'excuses à vendre. J'essaie d'apprendre à rester et à envisager les situations qui se présentent sous un angle différent. C'est tout ce que j'ai, et c'est tout ce que je peux faire.

Je garde sa main, tel un objet précieux dont je refuse de me départir. Je crois que je tremble un peu. Ça ne m'arrive pas souvent. J'ai envie de dire plein de choses à la fois, mais si je parviens à en exprimer une correctement, ce sera déjà un bon point de départ. Cet homme me chamboule plus que je ne le voudrais.

— Ça me va, approuvé-je. Apprendre à rester, essayer autrement. Je ne te demande pas plus.

Il me regarde comme si je venais de déplacer une montagne de deux centimètres, et que ces deux centimètres changeaient tout.

— On ne se sauve pas, continué-je, que ce soit dans le sens secourir ou s'échapper. Les deux fonctionnent. On se tient juste le plus droit possible, on vise la lune, et on avance. Et au pire, on retombe dans les étoiles. D'accord ?

— Oscar Wilde... souffle-t-il.

— Elle est parfaite cette citation, non ?

— C'est vrai, confirme-t-il.

On respire. Le silence n'est pas gênant ni encombrant. Il ressemble à une couverture lestée posée sur nos épaules, chaud et confortable. Mon cerveau suggère de lancer un sujet léger, comme par exemple le dessert qu'il m'a proposé, les fameuses bananes flambées, mais mon cœur souhaite autre chose. Il martèle mes côtes avec une telle violence, que j'ai l'impression qu'il va exploser.

— Je crois que... balbutié-je. Non ! J'en suis certaine. J'ai... très envie de t'embrasser.

Il ne prend même pas la peine de me répondre.

Il se rapproche aussitôt. Pas de silence, pas un souffle ou un ralenti comme au cinéma. Il fonce ! Mon nez frôle le sien. Ses cils tremblent. Je ferme les yeux pour me laisser porter par ce moment. Ses lèvres douces trouvent les miennes. C'est simple. Vrai. Une chaleur et une sincérité se répandent dans tout mon être. Je lâche sa main pour saisir son visage en coupe. J'en veux plus tant je me sens en sécurité. C'est comme si j'avais cherché quelque chose toute ma vie sans savoir quoi, et que là, je venais de le découvrir. Je n'ai plus envie de le quitter, jamais.

Ses doigts se serrent sur ma taille, m'invitant à modifier ma position pour lui faire face, et nous approfondissons notre étreinte. Mon ventre se noue avec délice.

Lorsque nous nous séparons de quelques millimètres pour respirer, je ne peux retenir un petit rire nerveux et heureux à la fois.

— Verdict ? murmure-t-il.

L'humour. Rien de tel pour désamorcer un peu la situation.

— Recommandé par l'OMS, chuchoté-je. À renouveler sans modération.

Il sourit.

— Dans ce cas, je ne voudrais pas que tu tombes malade.

On recommence. Plus longtemps. Mes mains partent vivre leur vie dans ses cheveux. Les siennes glissent dans mon dos, avec pudeur. Ce moment magique m'entraîne dans des vertiges encore inconnus jusque-là.

Quand on s'écarte, je reste près. Mes doigts jouent avec l'ourlet de son tee-shirt. Je le regarde bien en face.

— J'ai très envie d'aller dans ma chambre, avoué-je, gênée. Mais pas pour ce que tu crois ! Je trouve que c'est un peu tôt... Juste pour être ensemble. On ferme la porte. On parle. On se blottit l'un contre l'autre. On dort si on veut. On avance à notre rythme. Ça te va ?

— Du moment que c'est avec toi, tout me va, ma sirène.

« Ma sirène »... Autant la première fois qu'il l'a dit, ça m'a agacée, autant là, je crois que je ne m'en lasserai jamais.

— Par contre, je préfère te prévenir… hésité-je. Parce que ça ne plaît pas toujours… Mais si je te câline dans mon sommeil, ce n'est pas un bug. C'est une mise à jour, sans remboursement possible.

— Je sens que je vais adorer cette fonctionnalité. Je valide à 100 % les nouvelles conditions d'utilisation.

Je reprends sa main, puis je me lève, le cœur battant beaucoup trop fort. Je jette un coup d'œil rapide vers le couloir. Rien ne bouge. En bas, j'imagine les pages d'un cahier qui se tournent, et un stylo qui gratte. Béa et Tchaka sont dans leur monde de colonnes et de chiffres. Le nôtre est à l'étage.

Mes orteils accrochent le tapis. Je marche un peu trop vite. Il faut que je me calme. Ce n'est pas ma première nuit avec lui. Enfin, en un sens, si… Je souris. J'ai un bref réflexe de vérifier si le lien me fournit des informations, sur son état émotionnel, ou ses pensées. Cependant, je ne ressens rien. Pourtant, il est là, évidemment. Il nous protège et complète notre bulle. Je préfère imaginer ça. C'est simple, et sa présence me rassure.

Je continue d'avancer en songeant que je devrais dire quelque chose. De malin ou d'intelligent, si possible.

— Merci de t'être confié, soufflé-je.

— Merci à toi de m'avoir écouté. Ça m'a fait du bien.

Réflexion faite, je n'ai pas envie de repartir dans une conversation trop sérieuse.

— Même si j'aurais préféré que tu évites l'image de « la musaraigne dopée », rétorqué-je en feignant d'être vexée.

— C'était un compliment, précise-t-il. Une musaraigne héroïque.

— Ah ben, ça va, alors !

On arrive devant ma porte. Je me retourne. Il est juste là, à la bonne distance. Pas collé. Pas loin. Je lève ma main libre pour la poser sur sa joue. Sa barbe rase me chatouille la paume.

— Dernier point avant de passer de l'autre côté, annoncé-je. Je n'ai pas de mode d'emploi. Ma plus longue relation avec un homme a duré quatre mois. Je fais de mon mieux, mais parfois je parle trop... ou je m'agace ! Il m'arrive même de pleurer devant des pubs. Tu signes quand même ?

— Sans la moindre hésitation, répond-il aussitôt. Et je... je n'ai pas de grandes promesses. Juste des petites, que j'essaierai de tenir. Ranger ma tasse, faire la vaisselle, te laisser le côté du lit que tu préfères, t'écouter quand tu as peur, et... te dire quand je n'irai pas bien.

— C'est parfait.

Je pince les lèvres pour ne pas sourire comme une imbécile. J'ai l'impression que mon cœur peut enfin se reposer, qu'il a trouvé l'assise qui lui convenait et qu'il peut se détendre. Je tourne la poignée. L'odeur de lavande en provenance des draps frais nous accueille. Par la fenêtre entrouverte, une brise soulève en douceur le rideau.

On reste debout un instant, sans savoir où mettre nos bras. C'est drôle et touchant. Je le regarde, il me regarde, et j'ai une idée déraisonnable.

— Tu pourrais enlever tes chaussures. Je refuse d'embrasser un démon en baskets. Question de principe.

— C'est pourtant ce que tu as fait tout à l'heure.

— Mais nous étions dans la cuisine.

Il s'exécute en souriant. Je m'approche, je l'embrasse à nouveau, plus lentement, plus sûre de moi. Mon ventre fait une pirouette digne d'une médaille d'or olympique. C'est fou comme on apprend vite quand on aime. Tout est nouveau et je veux profiter au maximum de ce moment.

Yeux dans les yeux, on s'assoit sur le bord du lit. J'ai envie de lui dire ce que je ressens au fond de moi. Mais pas ce soir. Pas parce qu'il ne le mérite pas, juste parce que je tiens à respecter certaines étapes. De plus, j'ai déjà fait le premier pas, ce serait bien que ce soit lui qui se dévoile avant moi.

— J'ai une question inutile, alerté-je.

— Au moins, je suis prévenu. Je t'écoute.

— Si on se chamaille, plus tard, ce qui arrivera, c'est inévitable… Est-ce qu'on se fixe une règle ? Comme, se dire quand ça déborde, par exemple. Sans esquives. On parle, même si c'est moche.

— Marché conclu. Et si je tente de fuir, tu me cries dessus comme sur le pont.

Je me glisse contre lui, ma tête sur son épaule. Son bras se referme autour de moi tout en douceur. Ça me donne l'impression qu'il souhaite s'assurer que je ne vais pas disparaître. C'est mignon. J'adore !

Dans une coordination et un naturel surprenants, on s'allonge, serrés, l'un contre l'autre.

— Juste ça, murmuré-je. Nous deux, comme ça. C'est pile ce dont j'avais besoin.

— Moi aussi. Tu n'as pas idée à quel point... Je crois que même moi, je n'en avais pas conscience.

Je lève un peu le nez vers son visage. Il a les yeux fermés. On se tait. On respire ensemble. On se blottit vraiment. Mes doigts jouent avec l'ourlet de son tee-shirt. Il caresse distraitement ma main du bout de son pouce. Sa poitrine se soulève sous ma joue. Je me concentre sur cette mécanique paisible.

Je lève un peu la tête pour aller chercher un autre baiser, et comme s'il lisait dans mes pensées... le lien sans doute... il répond à mon désir.

Je n'ai pas envie de lui dire « bonne nuit » tout de suite. Ce serait presque trop banal pour ce que je ressens. Mais je n'ai pas non plus besoin de déclarations grandiloquentes.

Alors je choisis la simplicité.

Je cale ma main sur son torse, juste au-dessus de son cœur.

— On dort ?

Il hoche la tête. On se faufile dans les draps, et cette fois, le matelas m'envoie valser directement contre lui, pour mon plus grand plaisir. Il enroule ses bras autour de moi. J'ai le sourire aux lèvres. Je suis remplie d'allégresse, et de félicité.

Juste avant que mes yeux ne se ferment, dans la pénombre des lampadaires de la rue, je glisse une dernière vérité.

— C'est étrange de dire ça, mais je suis contente que tu aies voulu sauter de ce pont.

Il pouffe.

— Oui... je confirme, c'est étrange... Mais... moi aussi.

Il dépose un baiser dans mes cheveux, et je sais au fond de moi que la suite peut attendre demain.

Même si j'ai déjà hâte de voir ce qu'il nous réserve.

Chapitre 22

Zoé

Je me réveille avant le réveil et avec le sourire. Le soleil filtre à travers mes paupières encore fermées.

Les souvenirs de la veille me reviennent avec une douce impression d'avoir rêvé.

Je voudrais savourer cet instant… lovée dans ses bras.

Seulement, je ne ressens plus cette chaleur dans mon dos qui m'a accompagnée le reste de la nuit. Pas de souffle qui effleure mes cheveux, non plus.

Juste le silence et le vide.

C'est étrange. Tout est trop lisse, trop propre. Ce silence ne devrait pas exister. Pas ce matin. Pas après… tout ça.

Je remue un peu, en cherchant à me blottir davantage contre Shane. Sauf que ma main ne rencontre que le drap froid. Je tâtonne l'espace où il devrait être. À droite. Plus loin. Rien. J'ouvre les yeux lentement.

Le vide se confirme.

L'oreiller porte encore la forme creusée de sa tête, la trace vague de son sommeil. Comme un fantôme en négatif. Je déglutis, un peu trop fort. Mon cœur chute dans ma poitrine, avec le poids d'une pierre mouillée.

Il ne peut pas être bien loin... dix mètres...

À moins que le lien se soit rompu dans la nuit ?

Il s'en est peut-être rendu compte en voulant aller aux toilettes discrètement, comme le premier soir. Sauf que cette fois-là, la douleur au bas du dos m'a réveillée en sursaut.

Alors, dans ce cas, il est peut-être en train de préparer le petit déjeuner dans la cuisine ? Ou... ou n'importe quoi d'autre.

Je refuse d'envisager même une seconde qu'il s'est enfui. C'est impossible.

Je me redresse sur un coude. Mon regard glisse sur la chambre, en quête de la moindre preuve : sa silhouette quelque part, son tee-shirt sur la chaise. Il le retire toujours en dormant. Ses chaussures laissées en plan hier soir.

Rien. Tout est vide. Plus aucune trace. C'est comme s'il n'avait jamais existé.

Je fronce les sourcils. Mon souffle s'accélère sans que je comprenne pourquoi. Ma gorge s'assèche. Un frisson glacial lèche ma colonne vertébrale. Il remonte lentement, comme une vérité qu'on refuse de regarder en face.

Je me lève trop vite. Le tapis froid m'agresse la plante des pieds.

— Shane ?

Je ne reconnais pas ma voix. Elle est voilée, presque timide.

Rien.

Le silence absolu.

Et Tchaka qui n'est jamais là quand on a besoin de lui.

Je sors de la chambre, toujours à la recherche de ce fil invisible qui devrait me conduire à lui. La salle de bain est vide. La porte du salon est entrouverte. Je jette un œil.

Personne.

J'entre dans la cuisine. Sur la table où nous avons mangé les pâtes, les deux assiettes sont encore empilées dans un coin. La poêle, qu'il avait posée avec un soin maladroit, attend dans l'évier.

Mais lui n'est pas là.

— Shane !

Cette fois, ma voix claque un peu plus fort. Béa et Tchaka doivent dormir, mais je m'en fiche.

Le silence me renvoie un écho sec, comme une baffe. Je fais un pas de plus, et tout à coup, ça me frappe. Mes soupçons se confirment. Pas de fourmillements au bas du dos. Pas de trident qui me transperce les reins. Aucune tension du lien.

Plus de douleur.

Le sort...

Le sort a disparu...

Comme Shane...

Mes doigts tremblent. Mes jambes aussi. Je porte les mains sur ma bouche pour m'empêcher de hurler. Je n'arrive pas à comprendre. À respirer. À exister.

Il n'y a qu'une explication logique...

Il est parti.

Malgré ses belles paroles, je ne lui suffisais pas.

Je cligne des yeux comme si je pouvais effacer les souvenirs, et la réalité avec !

Parce qu'elle ne peut pas être celle-là.

Pas maintenant.

Pas après cette nuit.

Pas après... lui, qui parlait d'apprendre à rester.

— Shane ? répété-je, avec une fissure dans la voix.

Aucune réponse. Pas un sarcasme.

Rien du tout...

La panique explose sous ma peau, dans une décharge brutale. Les larmes brouillent ma vision. Je m'avance vers la porte d'entrée, persuadée qu'il suffira de l'ouvrir pour le trouver là, à râler peut-être ?

Je dévale l'escalier, jusqu'à la sortie de service. Mes yeux balaient la ruelle. Les pavés brillent d'humidité. Les odeurs du carnaval de la veille se sont évaporées.

Comme Shane...

Chaque martèlement de mon cœur me blesse, tel un coup de poignard froid et acéré. Il se déchire à chaque secousse.

Cette phrase que je refuse d'admettre me revient en pleine tête.

Il est parti.

Je me sens démunie. Les bras ballants, j'hésite sur la conduite à tenir. Des éclats de voix et de rires, en provenance du faubourg, me sortent de ma torpeur.

Les yeux hagards, je cherche ce que je dois faire. La porte restée ouverte dans mon dos me tend les bras. Je m'y engouffre, commence à rebrousser chemin, quand je m'immobilise au milieu de l'escalier. Ma respiration dérape, irrégulière. Ma gorge se rétrécit. Je tente de réfléchir. De trouver une explication logique. Après tout, c'est Shane. Le roi de la contradiction. Le prince du sarcasme. L'empereur du « je n'en ai rien à faire » en surface, même si au fond, beaucoup de choses le heurtent.

Peut-être que tout ça... ces derniers jours... ces ultimes heures... ne voulaient rien dire pour lui. Il attendait peut-être que le lien soit rompu et a joué un rôle en patientant.

Il a bien tenté de se conformer à celui du démon, pourquoi ne pas mettre les baskets d'un petit ami en devenir en prévoyant de s'éclipser ?

Je serre les dents. Comme si mordre dans l'air pouvait empêcher les larmes de couler. Je sentais bien que je m'attachais, et j'ai essayé de lui résister. Quel exploit formidable !

Et le résultat est génial !

Bravo, Zoé ! Le prix de l'année dans la catégorie amoureuse naïve te revient une fois encore !

Je ne retiendrai donc jamais la leçon.

Arrivée en haut, je me laisse tomber sur le canapé, les bras autour de mes jambes, le front posé sur mes genoux. Mes épaules se soulèvent au rythme des sanglots. La douleur est aiguë, sourde. Elle remonte de mon ventre jusque dans ma gorge, en un cri que j'avale au dernier moment pour ne pas alerter Béa.

Il est parti.

Il ne m'a rien dit.

Pas un mot.

Même pas un « au revoir » sarcastique.

Après ce qu'il m'a avoué...

Après ce que je lui ai confié...

Je sens ma poitrine se serrer d'une manière presque insupportable. Quelque part dans mon dos, quelque chose brûle brièvement, puis cette impression disparaît aussitôt.

Une réminiscence de mon cerveau sans doute, comme un membre amputé. Le lien s'est rompu. Pour de bon, et dans tous les sens du terme.

Comme s'il n'avait jamais existé.

Je renifle. Je ne dois pas me laisser abattre. Ça ne sert à rien de me mettre dans cet état. Je n'ai pas d'emprise sur cette situation. Je relève doucement la tête pour essuyer mes larmes. Quelque chose brille sur la table basse. La tasse de café qu'il tenait hier matin. Évidemment, la boîte à sucre est restée ouverte. Lui et ses mauvaises habitudes...

Mes yeux fixent ces objets dérisoires, preuve qu'il était là.

— Zoé ?

Je sursaute. Béa se trouve dans l'encadrement de la porte, les cheveux en bataille. Tchaka s'avance, et saute sur le canapé à côté de moi.

— Je t'ai entendue appeler le démon, m'explique-t-il.

— Qu'est-ce qui se passe ? s'inquiète mon amie. Tu es toute pâle... Est-ce que...

Je ne réponds pas. Les mots ne sortent pas. Alors je secoue la tête. Béa s'approche d'un pas rapide. Elle cherche Shane du regard.

— Il est où, l'autre... enfin, le démon ? demande-t-elle en fronçant les sourcils.

Je la fixe. Mes paupières papillotent.

— Aussitôt le lien brisé, il est parti, marmonné-je.

Elle pince les lèvres, comme si elle avait reçu une gifle.

— Parti… comment ça, « parti » ? J'avais l'impression que… On pensait, Tchaka et moi, que… vous deux…

Je prends une inspiration, courte, instable.

— Je le croyais aussi, bredouillé-je. Surtout après la soirée d'hier… Mais… quand je me suis réveillée… pouf… il n'était plus là.

Le flot de larmes, que j'étais parvenue à stopper, redémarre de plus belle. Béa s'assoit près de moi. Sa main se pose sur mon avant-bras. On dirait une caresse. Elle ne se moque pas. Elle ne gronde pas. Elle est juste ici. Présente. Tchaka s'installe sur mes pieds. Son poids et sa chaleur me font comprendre que je peux aussi compter sur lui.

— Ma Zouzou… Je suis tellement désolée… Je voulais te protéger, et ce fichu sort raté a fait tout le contraire de ce que je désirais. Je te promets que si je lui mets la main dessus, il va le regretter, ce maudit démon !

Je détourne le visage pour qu'elle ne voie pas que je m'effondre encore davantage. Elle n'est pas dupe.

— Il ne souhaitait pas rester… continué-je. Il avait été clair dès le début… Je dois me rendre à l'évidence… Je ne lui suffisais pas… Il est sans doute parti achever ce que j'ai interrompu…

Béa soupire.

— Je ne sais pas quoi te dire, ma Zouzou.

Je me retourne et l'observe, interloquée. Son regard s'est durci. J'ai l'impression qu'elle songe à quelque chose d'important, seulement, je n'ai pas le cœur à lui poser des questions. En plus, si ça se trouve, c'est en lien avec son commerce, et pas du tout avec ma situation. Ses pensées peuvent partir dans tous les sens, parfois.

— Je... hésité-je. Je dois me préparer. J'ouvre la boutique à quatorze heures, tu te rappelles ?

Béa fronce les sourcils.

— J'ai bien dormi, et tu as besoin de te détendre. Je vais gérer. Tchaka va rester avec toi.

Je n'insiste pas.

— OK.

C'est tout ce que je parviens à répondre. Je me lève, puis je passe mes mains sur mes joues. Avec ce geste, j'espère lisser les traces du chagrin comme on effacerait un mauvais sort.

— Je vais me faire couler un bain.

— Zoé...

Je lui adresse un sourire fêlé.

— Ne t'en fais pas, tenté-je d'un ton affirmé. Je vais bien.

Mensonge.

Éclatant.

Brillant comme une enseigne lumineuse en pleine nuit.

Mais j'ai besoin d'y croire.

Je pousse la porte de la salle de bains derrière moi. Elle demeure entrouverte… Tant pis ! Je fixe mon reflet dans le miroir au-dessus.

— Respire…

Je redresse les épaules. Je balaie mes cheveux en arrière. Je tente un sourire.

Raté !

Mais j'essaie quand même. Parce que c'est tout ce qu'il me reste pour le moment.

Je vais barboter, dans l'espoir un peu fou de censurer la nuit. Effacer les caresses sur ma peau. Laisser son parfum s'échapper dans le siphon. Replacer mes paillettes là où elles doivent être. Faire semblant de ne pas me fissurer.

Peut-être que les choses ne sont pas terminées.

Peut-être qu'il reviendra.

Et au pire…

J'ai toujours la boutique.

Sans oublier Béa et Tchaka.

Et surtout, ma foutue manie de croire encore au bonheur.

Je lève le menton. Je prends une longue inspiration. Puis je souris au miroir, avec un courage fragile.

Une sirène ne renonce jamais.

Même quand le démon disparaît au petit matin en la laissant avec le cœur brisé en mille morceaux. Elle pleure sous la mousse, remet du rouge à lèvres, puis replonge dans les profondeurs de la vie.

Chapitre 23

Zoé

L'eau chaude m'enveloppe comme un cocon. Mes jambes se parent de leur plus bel apparat, des écailles émeraude. L'extrémité de ma queue de sirène trouve sa place sur le rebord de la baignoire, pendant que je libère un profond soupir de soulagement. Je me glisse sous la mousse jusqu'à m'en recouvrir presque tout entière. Seul le haut de ma tête, juste sous mon nez, émerge encore. Enfant, j'ai commis l'erreur de vouloir respirer de l'eau savonneuse... Plus jamais ! Ça brûle, c'est une horreur.

Je devrais être bien. Les sirènes adorent l'eau. C'est notre milieu naturel. La mer, les vagues... la liberté liquide. Et je le suis... Mais en partie seulement.

Mon cœur a l'impression de couler à pic.

Je ferme les paupières. Tout ce que j'essaie d'oublier flotte jusqu'à moi. La sensation du corps de Shane contre le mien. Le son feutré de nos respirations accordées. Ses doigts sur ma joue. Ses lèvres qui cherchaient les miennes. J'entends encore sa voix grave et chaleureuse, avec cette légère rugosité qui lui confère une virilité tranquille. Je crois même sentir une de ses mèches de cheveux venir me chatouiller. Mais quand j'ouvre les yeux, il n'y a que de la mousse.

Une larme glisse sur ma joue.

Ça va aller, Zoé...

Je m'immerge d'un coup, les oreilles sous l'eau. Le monde change de fréquence. Le silence devient une grande cloche aquatique, dans laquelle mon cœur cogne trop fort. Quand j'émerge, mes cheveux se plaquent contre mes épaules. Je balaie mon visage, comme pour chasser les émotions.

— Tu vas te dissoudre si tu continues, déclare une voix blasée à ma gauche.

Je sursaute. Tchaka est assis sur le tapis, sa queue soigneusement enroulée autour des pattes. Les paupières mi-closes, il me lance l'un de ses regards accusateurs.

— Tu aurais pu m'attendre dehors, râlé-je.

— Je te surveille. Ordre de Béa. Et vu l'état dans lequel tu es, je ne te lâche pas des yeux. Je ne tiens pas à ce que tu t'évapores par les canalisations. Ce serait très gênant pour les futurs locataires.

Je souffle et m'enfonce un peu plus dans l'eau.

— Je ne compte pas fuir. C'est... juste compliqué.

— Pas tant que ça, réplique-t-il en se léchant une patte. Il t'a brisé le cœur. Il va falloir le recoller, ma grande.

— Merci pour l'explication... Je n'avais pas capté, ironisé-je. Tu pourrais écrire des cartes postales de rupture.

— Je sais. J'ai toujours été un poète incompris.

Je ris malgré moi. Un peu... Un souffle, léger. Ce n'est pas grand-chose, mais c'est déjà énorme.

Je laisse mes doigts flotter à la surface. Je respire un grand coup.

Et là...

Une chaleur fulgurante enflamme mes reins. C'est une brûlure brève, mais intense. Je me redresse si vite que de l'eau s'échappe par-dessus le rebord.

— Aïe !

Des fourmillements picotent, comme si quelqu'un venait de tracer un symbole incandescent sur mon dos. Je passe ma main sur ma peau, à la recherche d'une marque suspecte, ou quoi que ce soit d'autre... Rien.

— Qu'est-ce que tu as ? s'inquiète Tchaka, oreilles dressées.

— J'ai ressenti… comme un éclair. Au niveau du lien… pourtant brisé.

Il plisse les yeux, pensif.

— Fascinant. Ou carrément terrifiant. Les deux fonctionnent plutôt bien.

Le calme – même s'il est relatif à cet instant – est revenu. Perplexe, je m'immerge à nouveau, jusqu'aux épaules. Une petite bulle se détache de ma poitrine. Elle monte à la surface, avant d'éclater. Puis une autre. Et encore une. Comme si l'eau réagissait… à mon cœur ?

Non. C'est ridicule. Je suis une sirène, pas un baromètre émotionnel.

— Tchaka, tu as déjà entendu parler… d'un lien magique qui continue d'agir après sa rupture ?

Il s'apprête à répondre, lorsqu'à ce moment précis, la porte s'ouvre en grand.

— Zoé ! crie Béa.

Je manque de m'étrangler.

— Béa ? Tu me fais quoi, là ? On frappe d'abord et on discute après, je te rappelle. Je dois supporter la présence de Tchaka, si en plus…

Elle se tourne aussitôt, les mains plaquées sur ses yeux.

— Pardon ! Je voulais juste m'assurer que tu ne te noyais pas dans ta tristesse ! Ou dans la baignoire !

— Oh, je vois… Parce qu'une sirène qui meurt noyée, c'est vrai que ça arrive souvent. Tous les combien, déjà, rappelle-moi ? Ah, oui ! Jamais !

Elle respire trop vite. Elle est nerveuse. Beaucoup trop. Je jette un coup d'œil vers Tchaka, qui lui aussi, prend soin de regarder ailleurs. Je suppose qu'il l'a informée via leur lien télépathique de ma douleur résiduelle dans le dos.

Je fronce les sourcils.

— Béa… Est-ce que tu me caches quelque chose ?

Elle déglutit.

— Ben ! N'importe quoi ! Quelle drôle d'idée ! Allez, j'y retourne ! Il y a des clients qui doivent m'attendre. Je suis partie comme une voleuse.

Béa ne fait jamais « Ben », sauf dans un cas précis : lorsqu'elle s'apprête à mentir.

Je ne pousse pas plus loin. Pas maintenant. Mon cerveau carbure déjà assez.

Je me redresse un peu plus dans la baignoire.

— OK ! Passe devant, je te suis. Je vais mieux. Enfin… Un tout petit peu. Assez en tout cas pour… retourner à la boutique.

Béa m'observe, stupéfaite. Après sa rupture avec Marcelus, elle est restée enfermée dans sa chambre pendant six jours. Je devais lui poser ses plateaux-repas devant la porte avec interdiction formelle de la voir.

— Tu es sûre ?

— Non. Mais il faut que je me change les idées. Et puis, nous avons un commerce à faire tourner. La Lune Rousse ne vend pas de bougies thérapeutiques toute seule. Et les réseaux sociaux, le dimanche, c'est le grand désert.

Tchaka bondit sur le rebord de la baignoire, queue en point d'interrogation.

— J'approuve. Le travail est le meilleur antidote à la noyade intérieure, précise-t-il en appuyant bien sur le mot. Et les bols de lait accompagné de thon sont l'antidote à tout le reste.

Je gratte le sommet de son crâne avec mes ongles, et il se met tout de suite à ronronner. Il a beau être un familier, il a quand même des réflexes de chat.

Le pire félin domestique du monde. Et en même temps, le meilleur.

∞

Une heure plus tard, grâce à un peu d'anticerne et un rouge à lèvres défensif, j'arrive au bas de l'escalier. Une odeur de sauge et de vanille m'enveloppe. La boutique est animée. Des touristes s'attardent devant les bracelets en quartz rose et les sprays de confiance.

Béa me suit du regard, avec un air de gardienne de prison plaqué sur le visage. Elle ne résiste pas longtemps, avant de se jeter sur moi.

— Ça va aller ? murmure-t-elle.

— Oui, affirmé-je. Je suis une sirène fonctionnelle. Je vais m'occuper de la dame qui examine la bougie « paix intérieure ».

Je mets mes épaules en place, mon sourire de vendeuse à son poste, puis je m'avance vers la cliente. Sur le trajet, je suis interceptée par une jeune fille qui hésite devant deux pendentifs. Aussitôt, mes pensées démoniaques s'envolent. Je ne me sens pas plus légère, mais au moins, mon cerveau est sorti du mode rumination. Je vante un élixir anti-cauchemars à un père de famille stressé, un grimoire vierge à une adolescente en mal d'émotions fortes.

Tout se passe bien.

Puis, soudain...

Une sensation.

Là.

Au bas du dos.

Une brûlure fantôme.

Moins intense que tout à l'heure, mais nette.

J'émets un couinement en me tordant un peu. L'encensoir que je tiens manque de peu d'atterrir sur le plancher.

— Zoé ? s'inquiète Béa.

Elle m'observe avec une acuité presque chirurgicale.

— Ce n'est rien. Tout va bien. Je... j'ai eu un frisson.

Elle ne me croit pas un seul quart de millième de seconde. Tchaka, sur le comptoir, dresse les oreilles.

— On dirait un écho, suggère-t-il.

Je le fusille du regard. Béa se tourne vers lui, perplexe. Il cligne des yeux, puis se redresse, comme un professeur prêt à donner un cours.

— Si à l'autre extrémité, le démo...

— Tchaka, ça suffit ! siffle Béa, le plus discrètement possible.

Il proteste d'un miaulement outré. Cependant, il se ravise quand elle lui gratte le cou.

— Tu auras un bol de lait, ce soir. Mais il faut que tu restes bien sage.

L'air change autour de nous. Une tension. Une certitude. Béa me cache quelque chose. Je pose l'encensoir, et m'approche d'eux.

— Je pensais que le sort s'était consumé, chuchoté-je. Tu as dit qu'avec le temps, c'est ce qui se produirait. Tu... crois qu'il serait... encore lié à moi ?

Dans ses yeux noirs, je détecte une résolution toute neuve.

— Je n'en sais rien. Je me suis vautrée avec ce rituel... Du coup... je préfère tout vérifier dans mes grimoires avant de te répondre. Je regarderai ça ce soir, après la fermeture.

— Après la fermeture ! m'offusqué-je. Tu rigoles, j'espère ? Je vais continuer de tenir la boutique. Si je suis encore liée à lui, et qu'il décide de mettre un terme à son existence, je ne veux en aucun cas le savoir... Ni rien ressentir de ce qu'il subira.

Je perçois la panique dans ma voix. L'imaginer quelque part dans la nature est une chose. Éprouver son désarroi, ou pire ! Non, pas question.

— D'accord, approuve Béa.

Sans un mot de plus, elle disparaît dans l'escalier menant à l'appartement. Mes mains tremblent légèrement. Mon cœur cogne. Est-ce possible ? Le lien...

Une idée folle me submerge.

Je plonge mon regard dans les prunelles vertes de Tchaka.

— Monte ! Et demande-lui si éventuellement, cet écho... pourrait me ramener jusqu'à lui. Si on peut le retrouver.

— Oh, ma petite Zoé... me plaint-il. Tu ne veux pas...

— Ne discute pas, et monte ! lui ordonné-je.

Il sursaute, et je réalise que j'ai un peu trop élevé la voix. Je me tourne vers les badauds, en affichant un sourire le plus confiant possible.

— Il ne fait que des bêtises. Un chat, quoi !

Je ponctue ma phrase d'un haussement d'épaules, et les clients se détournent. Je souffle.

— Va lui demander, marmonné-je entre mes dents.

Tchaka saute du comptoir pour rejoindre l'escalier.

Des picotements galopent sur mes reins. Je ferme les yeux un instant. Et, juste là… dans un recoin de mon esprit… Une émotion me traverse.

Aigre. Perdue.

Comme un souffle qui chuchote au milieu d'un désert.

Shane ?

Je pivote si vite qu'une partie du décor autour de moi tangue un peu.

Un client me regarde, intrigué.

— Ça va aller, mademoiselle ? s'enquiert-il.

Je déglutis, avant de me redresser. Une fois mon sourire commercial remis en place, j'inspire un grand coup.

— Très bien, merci. Que puis-je faire pour vous ?

Il me demande des encens pour la bonne humeur. Je le sers de façon machinale, mon esprit est partout sauf ici.

Le client s'éloigne, ravi. Moi, je reste plantée là, le regard un peu vide, les doigts crispés sur le bord du comptoir. Chaque battement de mon cœur résonne trop fort, comme si la boutique était devenue une cage thoracique géante.

Et soudain…

L'odeur.

Pas la sauge.

Ni l'encens.

Non.

Celle du citron.

Associée à une pointe d'ail.

Les arômes des pâtes d'hier soir.

Je me fige, raide comme un piquet.

— Shane... murmuré-je.

Mon ventre se noue. Mes yeux se détournent vers la porte d'entrée, comme si j'allais le voir apparaître, mains dans les poches, l'air de dire « surprise ! Je suis revenu. On boit un café ? ».

Les clients continuent de bavarder, tandis qu'une petite fille, accompagnée sans doute par sa maman, arrive. Je ferme les paupières.

Et là, tout contre mon âme, une émotion minuscule, mais parfaitement identifiable, se loge : une peur froide, mêlée à un regret brûlant.

Quelque part... il existe encore.

Quelque part... il pense à moi.

J'en suis convaincue.

Un souffle me traverse si fort que j'en ai le vertige.

Les pas de Béa, dans l'escalier derrière moi, se rapprochent. Elle arrive à ma hauteur, et essuie une larme discrète au coin de mon œil.

— J'ai peut-être trouvé quelque chose. J'ai appelé une amie, elle m'attend. Elle pourra sans doute me fournir d'autres informations. Tu te sens de tenir la boutique sans moi pendant quelques heures ?

Je hoche la tête, sans trop comprendre. Juste un espoir qui s'enflamme, et qui réchauffe un peu mon cœur.

— On discutera ce soir, me promet-elle en me frôlant la main. Ce n'est pas terminé, Zoé. Je le jure. Tchaka, tu veilles sur Zoé !

Je n'arrive plus à parler. Je ne sais pas si j'ai envie de hurler, de rire, ou de courir en pleine rue pour le retrouver.

Mais une chose est sûre.

Béa vient de rallumer une lumière que je pensais éteinte.

Une sirène ne renonce jamais, même lorsque l'océan lui enlève ce qu'elle aime.

Elle replonge.

Encore.

Toujours.

Je sens que quelque chose ne tourne pas rond.

Qu'il ne va pas bien.

Que ça n'a rien à voir avec ses pulsions qui nous ont permis de nous rencontrer.

Et si cet écho est tout ce qu'il reste du fil invisible qui nous reliait…

Alors je m'y agripperai.

Chapitre 24

Zoé

La clochette de la porte se tait enfin. Le dimanche s'est étiré comme un chewing-gum à la cannelle, collé sous la semelle d'un touriste. La Lune Rousse respire de nouveau le calme, remplie d'ombres violettes qui s'empilent dans les coins. Je récupère l'encensoir pour le passer sous l'eau. L'odeur de sauge s'efface un peu. Il ne reste qu'une pointe de... citron. Mon cœur a un raté. Ce parfum me fera-t-il toujours cet effet désormais ?

— Ne renifle pas l'air comme un labrador amoureux, me taquine Tchaka.

Allongé sur le comptoir, il se languit sur une pile de sacs en papier kraft.

— Je ne commente pas ce que tu renifles, moi, rétorqué-je. Pourtant, je t'ai vu dans la rue, et parfois, ce n'est pas très ragoûtant.

J'aligne une dernière rangée de bougies appelées « nouvelle page ». Peut-être devrais-je acheter le stock restant ?

Le chat bâille, s'étire en faisant le dos rond, puis adopte la posture du chien tête en bas, avant de s'asseoir.

— On ferme à quelle heure, déjà ? demande-t-il, faussement innocent.

Il est comme moi. Depuis que Béa est rentrée, on n'a pas cessé de s'interroger dès qu'une accalmie s'est présentée. Elle est revenue avec un grand sac noir en bandoulière qui avait l'air d'être chargé à bloc, tout en tenant dans ses bras un énorme grimoire. J'ai bien tenté de l'intercepter, mais elle m'a répondu un vague « pas le temps », et a filé à l'étage, aussi vite qu'un éclair.

— Maintenant.

Mon cœur tambourine si fort que j'en ai mal aux côtes. Je baisse le rideau de fer à mi-hauteur. Je me méfie. C'est souvent à ce moment-là, le dimanche, qu'un tardif se pointe en urgence pour chercher une brume « anti-boss toxique », indispensable pour survivre à la réunion du lundi. Ce soir, pas de retardataires. Seulement cette attente nerveuse qui grimpe le long de ma colonne vertébrale, et qui me tord les boyaux. C'est si violent que j'ai même du mal à respirer.

Le martèlement des pas de Béa résonne dans l'escalier. Elle débarque, le teint sérieux, chargée de l'énorme sac noir, et du gros grimoire. Ses cheveux épais sont retenus à la va-vite par un crayon.

— Débrief, souffle-t-elle.

Elle pose sa besace sur le comptoir, à côté du livre. La couverture en cuir est craquelée par endroits. Il n'y a aucune inscription dessus.

J'ai les jambes en flanelle. Je m'avance, à la fois excitée et terrorisée.

— Je t'écoute.

— J'ai vu Alix, commence-t-elle.

— Alix ?

Sur le coup, j'ignore de qui il s'agit.

— Mais, si ! Tu sais, la bibliothécaire de l'Occulte. Elle a sa boutique dans le Vieux Carré. Quelle chance, d'ailleurs ! Il y a un de ces mondes !

— Oui, je me souviens.

Mensonge ! Mais là, tout ce qui m'intéresse, c'est ce qu'elle a appris.

— OK ! Donc, Alix m'a confirmé ce que j'avais cru déchiffrer dans un de mes propres grimoires. Il existe un rappel infernal. Un genre de protocole... automatique, si tu veux.

Mon estomac se serre.

— Automatique ? Je ne comprends pas.

— C'est simple. Si un démon sort de sa trajectoire, que ce soit volontairement ou par accident, l'Administration a le droit de déclencher un rappel. Il ne s'agit pas d'une chasse à l'homme. Plutôt d'une... convocation. Avec un papier. Un ticket. Un numéro. Je ne sais pas trop... C'est un peu nébuleux. Toujours est-il qu'ils le réaffectent. Ils l'évaluent. Et surtout, ils l'empêchent de... disons... s'humaniser.

Tchaka étire une patte, oreilles en avant.

— J'ai déjà entendu parler de la bureaucratie du trépas, commente-t-il. Il paraît qu'ils ont des menus déroulants interminables. Si j'étais humain, ce serait mon pire cauchemar.

Face à de tels propos, mon esprit s'égare quelques secondes. Je secoue la tête d'un geste vif pour chasser les images.

— Et... Shane ?

Ma voix est enrouée, presque un souffle. Béa se mord la lèvre avant de répondre.

— Alix ne prononce jamais de noms. Mais après une conversation avec une entité spectrale, elle a évoqué un souhait inachevé.

— Un souhait...

— Oui... a priori... ce serait toi qui l'aurais formulé...

Je fronce les sourcils.

— Je ne comprends pas. Je n'ai rien souhaité.

— Pas consciemment, ma Zouzou…

Elle saisit mes bras.

— Au début où vous étiez liés, il semblerait que tu aies voulu qu'il retourne d'où il venait.

Les yeux exorbités, j'inspire un grand coup, et porte les mains devant ma bouche.

— Mais…

— Je sais, me coupe Béa. Si sur le moment tu l'as dit avec conviction, je te connais… au fond, ça ne te ressemble pas. Seulement, les forces démoniaques se contentent de ce qui les arrange. Elles ont considéré que c'était un rappel.

— Un rappel ? Pour le réinitialiser, comme on le ferait avec un ordinateur ? Mais, c'est horrible !

— Est-ce qu'Alix t'a donné des solutions, au moins ? souffle Tchaka.

Béa me lâche, prête à continuer.

— Une, oui… Mais, je ne vous cache pas qu'elle est très risquée.

— Je t'écoute. Tout est de ma faute. Et…

— Non ! me coupe Béa. Là, je t'arrête tout de suite. Tout, c'est exagéré. Tu oublies un peu trop vite qu'au départ, tout ce que tu voulais, toi, c'était lui sauver la vie. Rien d'autre !

— Hum…

Je suis incapable d'en dire davantage. La culpabilité qui me ronge est trop forte. Béa le sait très bien. Par chance, elle a la bonté de ne pas insister.

— Que devons-nous faire, alors ? reprend Tchaka.

— On ne brise pas un rappel infernal comme ça, en claquant des doigts. Il faut ouvrir une porte pour aller parler au guichet où il a signé sa nouvelle admission. C'est…

— J'y vais ! la coupé-je.

Béa ferme les yeux une seconde. Elle souffle, et quand elle m'observe à nouveau, ils brillent d'émotions contenues.

— Je m'en doutais bien, oui. Cependant, tu dois savoir que ce n'est pas sans risque. Et qu'il y aura sans doute un prix à payer. Avec l'enfer, rien n'est jamais gratuit. Il y a toujours des contreparties.

Le silence tombe, lourd de choses que nous n'avons pas le temps de dire.

— De quel genre ?

— Ce n'est pas une science exacte… Les informations sur l'enfer restent abstraites. Cependant, la première serait d'ordre matériel, et une autre, plus intime.

— Je ne comprends pas, avoué-je.

— Oui… intervient Tchaka. Moi non plus… Je suis complètement perdu.

Béa désigne les grimoires.

— Pour ce qui est du matériel, c'est assez simple. Quoique… Il faut un cercle d'ancrage dans un lieu clos et stable. Du sel noir, que j'ai ici, dans ce flacon. Une eau consacrée qui te concerne. Une clé, en l'occurrence un nom. Un témoin vivant. Et pour finir, un objet saturé de la présence du démon.

Je pense à la tasse de café, aux draps qui sentent sa chaleur, à l'odeur de citron et d'ail encore collée à ma peau. Mon regard accroche la chaise sur laquelle il s'assoit toujours de travers, comme s'il défiait la gravité, par principe. Le monde entier me semble saturé de sa présence.

— L'eau, je m'en occupe tout de suite.

Je prends une coupelle en porcelaine, et un flacon d'eau de lune. Je verse le liquide et m'arrache un cheveu, que je dépose à la surface.

— Tu es presque aussi douée que moi, constate Béa.

— En parlant de ça... hésité-je. Tes sorts... ils ne sont pas toujours...

— Oui ! Je sais ce que tu vas dire. Et j'ai déjà anticipé cet aspect. Je ne pouvais pas prendre de risque supplémentaire. Alix a accepté de me soutenir pendant toute la durée du rituel. Nous avons mêlé nos magies.

Je hoche la tête, à la fois rassurée et confiante.

— Pour la clé de nom, enchaîne Béa, Alix a précisé qu'il ne s'agissait pas d'un titre ni d'un numéro. Et pas celui de démon, non plus. Son prénom de vivant. Et si tu as son nom complet, c'est mieux.

— Il parle dans son sommeil... Et il a répété plusieurs fois un prénom, mais j'ignore si c'est le sien...

— Merde ! s'exclame Béa. Alors, on arrête tout.

— Non ! objecté-je. On essaie quand même.

— Un prénom tout seul ! Sans même avoir la certitude que c'est le sien. Tu es dingue, ou quoi ?

— Tu ne l'aurais pas fait pour Marcelus ?

C'est un coup bas, j'en suis bien consciente. Toutefois, la question la secoue assez pour obtenir gain de cause. Son visage se décompose. Ses épaules s'abaissent.

— Tu es bien sûre de vouloir faire ça ? s'inquiète-t-elle.

— Ouais, soutient Tchaka. Parce qu'on parle de l'enfer. On ne te suggère pas une balade au bord de la mer.

— Certaine. Continue.

Béa marque une pause, puis finit par approuver d'un hochement de tête.

— Pour l'objet, j'ai pris ça.

Elle sort de son sac la fameuse tasse à café.

— Et pour le témoin, Tchaka se propose. N'est-ce pas ?

Le chat relève la truffe, outré.

— Un témoin ? Je n'ai pas de costume ! J'ai besoin d'un nœud papillon pour les abîmes ?

— Tchaka, grogne Béa.

— Ouiiiii, d'accord... Je vais le faire. Mais je veux un laitage haut de gamme en retour. Pas ton truc de supermarché.

Je souris malgré moi. Il faut bien que quelqu'un négocie pour moi quand je n'ai plus de souffle.

— Et le prix intime, alors, c'est quoi ? hésité-je.

Béa s'éclaircit la voix.

— Alix parle de contrepartie émotionnelle. L'Administration aime les équivalents. Si tu ouvres une porte, tu dois laisser quelque chose au seuil. Pas forcément pour toujours, mais... assez longtemps pour que ça les satisfasse. Elle a cité trois choses possibles : un souvenir heureux en consigne, un reflet – pour comprendre ta nature de sirène, donc ta facilité à évoluer dans l'eau, ou bien... une vérité. Mais pas n'importe laquelle ! Une que l'on n'a jamais prononcée à voix haute.

Mon stress monte en flèche, comme une marée soudain contrariée.

— Je paierai, annoncé-je.

— On choisira ensemble, corrige Béa. Et on fera en sorte que ce soit récupérable.

— Je paierai, répété-je, plus ferme. Pour lui, je paierai.

Tchaka me regarde longuement. Dans ses yeux verts, quelque chose s'adoucit.

— Enfin une négociation où tu n'achètes pas une huile essentielle à la lavande, souffle-t-il.

Sa tentative pour détendre un peu l'atmosphère fonctionne. Un temps m'est nécessaire pour me rappeler qu'à mon arrivée, il me réclamait sans cesse de lever le pied sur la lavande. Cette odeur l'incommodait beaucoup. Je lui tire la langue.

— Il nous faut un lieu, enchaîne Béa en reprenant le fil. L'appartement est trop surchargé. On fera ça dans l'arrière-boutique, avec les rideaux fermés, et les bougies basses. Et surtout, Zoé, tu ne demandes pas où il se trouve, mais comment tu le ramènes. Promets de payer, aussi ! Et... ça, c'est le point le plus délicat... tu évoques son prénom.

J'acquiesce, tout en dressant l'inventaire dans ma tête.

— On commence quand ?

— Maintenant. La magie que je partage avec Alix ne résistera pas toute la nuit.

Béa attrape la besace et le grimoire, puis elle fait signe à Tchaka de nous suivre. Je récupère le bol d'eau et la tasse sur le comptoir. Je la tiens comme un objet sacré. Elle est tiède, sans raison. Mes doigts s'y attardent.

Nous tirons le rideau de l'arrière-boutique. Ici, on stocke des cartons, des nappes, des étiquettes, et parfois des secrets – comme maintenant. Béa vide son sac sur la table centrale. Elle en sort d'abord le sel noir dans un récipient en terre, dont l'odeur acide et métallique me brûle les narines. Des bougies, une craie, un petit miroir au dos fissuré, trois galets ramassés dans le Mississippi, différentes plumes, puis du fil rouge.

— Ça ne ressemble pas à une messe démoniaque ? tenté-je pour desserrer un peu le nœud dans ma gorge.

— Normal, ce n'est pas une messe, réplique Béa. C'est une administration. On parle le langage des cadres. C'est ce qui est expliqué dans ce grimoire.

— D'où il sort d'ailleurs ? l'interroge Tchaka.

— Alix est bibliothécaire, je te rappelle. Ça a ces avantages.

— Tu m'étonnes ! confirme-t-il.

— Le nom, l'objet, la contrepartie intime.

Je respire en me répétant ces mots comme un mantra. J'enlève mes chaussures. Mes pieds aiment toucher le sol quand je dois me souvenir que je suis ici. Vive les séances de méditation !

Béa trace un large cercle autour de moi à même le ciment, puis trois petites croix à l'est, au sud et à l'ouest.

Tchaka s'assoit au nord, la queue enroulée autour des pattes, tel un gardien.

— Tchaka sera ton lien avec notre monde, m'explique Béa. S'il y a un danger, que tu dois revenir, il faut un mot de sécurité.

— Je propose « pamplemousse », suggère Tchaka.

— Pourquoi pamplemousse ? articulé-je, distraite.

— Parce que je doute que tu emploies ce mot dans le contexte.

— OK ! Va pour pamplemousse, approuvé-je.

Béa étale le sel noir sur la craie, pose le miroir devant mes pieds, avant d'entailler son pouce avec une épingle.

— Une goutte, précise-t-elle. Pour invoquer l'attention.

Elle tend ensuite sa main vers moi, et je lui offre la mienne sans hésiter. Le sel boit le rouge. Béa me confie le bol en porcelaine.

— Ton eau. Explique-lui ce que tu comptes faire.

Je baisse les yeux vers le liquide.

— Je viens pour lui, murmuré-je. Pour lui parler. Pour le ramener. Et lui dire de rester.

— Son prénom, m'intime Béa.

— Shane, annoncé-je. Alias Christopher.

Béa allume les bougies, place les galets en triangle à mes côtés, puis pose la tasse au centre.

— Mets le bol d'eau sur ta droite. Alix a insisté, pas de grandes formules. Pas d'invocations en latin. Tiens un discours clair, simple, et si possible avec un jargon administratif.

— Comme, par exemple, « bonjour, je souhaiterais contester une décision » ? tenté-je.

— Parfait.

Son ton est sec. Malgré tout, derrière, j'entends sa peur de me perdre.

— Tu restes accrochée à Tchaka, ajoute-t-elle, soudain plus douce. Et c'est moi qui garde le fil.

Je hoche la tête.

— On y va.

Je prends une inspiration. Une autre. Les bougies vacillent. L'arrière-boutique change de densité, comme une pièce qui retient sa respiration.

— Ailleurs, lancé-je d'une petite voix, mais qui ne tremble pas. Là où on classe les âmes par dossiers, où l'on donne des tickets, où l'on récite des procédures, j'appelle Christopher. J'appelle celui qui répond à ce prénom. Laissez-moi lui parler. Je promets de payer.

Le sel crépite, comme une braise qui rougit.

Je ferme les yeux.

L'air se plisse.

Chapitre 25

Shane

Le plafond est trop clair. Pas de fissures. Pas d'araignées. Juste des néons qui brûlent les rétines, et qui trompent le cerveau sur la fraîcheur de l'endroit. Un bruit d'agrafeuse revient à intervalles réguliers, comme un hoquet de métal.

Quelqu'un tousse. On demande un crayon en chuchotant, puis « le formulaire 666-623-198, pas le 666-623-199, attention ». Un tiroir s'ouvre. Un stylo tombe.

Il ne fait ni chaud ni froid. On a eu l'idée maligne de régler le climat sur « rien ». La chaise sur laquelle je suis assis grince seulement quand je respire. Ce qui est drôle, lorsqu'on a longtemps considéré que la respiration était… optionnelle.

Je tiens un ticket entre mon pouce et mon index. Un numéro. Il est imprimé en rouge. « 666-13. » Il ne veut rien dire. Il veut tout dire. On m'appellera quand on m'appellera. On me posera des questions. Je donnerai des réponses. J'ai passé ma vie à fournir des réponses qui arrangeaient les autres. Ce serait peut-être le moment d'apprendre à dire les miennes.

Une odeur traverse le néant. Je ferme les yeux une seconde. Citron. Ail. Et la mer qui se glisse par-dessus comme une nappe qu'on étend sur une table trop nue.

Une voix minuscule résonne dans ma tête. Pas la grande voix administrative ni la mienne, trop usée. Trop fatiguée. Une autre, que je connais bien et qui caresse mon cœur. Si on m'ouvrait le torse maintenant, on la trouverait tatouée à l'intérieur, à l'envers, pour qu'elle se lise bien quand on se vautre.

Ce qui est devenu ma spécialité apparemment…

« Reste. »

Je déglutis. Mes doigts serrent le ticket.

Je pense à sa bouche qui a dit « j'ai… très envie de t'embrasser » dans la cuisine. Au bruit du couteau sur la planche. Au beurre qui chantait. À sa main qui a attrapé la mienne quand j'ai eu peur de parler. À sa façon d'être vivante sans me faire la leçon. À sa manie d'aligner des bougies comme de petits soldats pacifistes.

Agrafeuse. Stylo. Néon.

Une pensée idiote s'invite. Si l'on me proposait le choix entre mille ans sur cette chaise parfaite et un seul matin à la faire rire avec un sarcasme pourri, je choisirais le matin. Je le choisirais même si on m'enlevait la parole. Même si on me donnait une chaise à trois pieds.

La mer bouge, et je ne peux pas la nommer. Elle m'envoie une vague fine, comme une main sur la nuque.

« Reste. »

Je secoue la tête. Les néons vibrent. On appelle un numéro qui n'est pas le mien. Un chariot de dossiers passe. On ne me regarde pas. On ne me remarque pas. Ici, je ne suis rien. C'est peut-être mieux ainsi.

Je me parle tout bas, histoire de ne pas me perdre de vue.

— J'essaie, dis-je dans la grande salle blanche. J'essaie, ma sirène. Donne-moi une porte, et je la prendrai.

Quelque chose claque, pas très loin. Comme si... quelque part... une agrafe venait de sauter.

Chapitre 26

Zoé

Le cercle sent le sel et le fer. Les bougies se plient en deux, comme pour regarder à travers le sol. L'air siffle, créant une bourrasque. La tasse vibre.

— On est entendus, souffle Béa. Continue.

J'humecte mes lèvres. Je cherche ma voix. J'ai l'impression qu'elle s'est enfuie.

— Bonjour, articulé-je.

C'est difficile de ne pas rire de l'absurdité de la formule.

— Je demande à parler à Christopher.

Le sifflement change. Plus grave. Plus près.

— Je conteste la décision de rappel. Je ne souhaite pas d'annulation. Je désire une audience. Je suis prête à payer un dépôt. Je peux laisser un souvenir. Ou ma facilité à évoluer dans l'eau. Ou même une vérité, s'il le faut.

La tasse tremble. Le sel recule d'un millimètre, à la manière d'un clerc qui se décale pour me permettre d'accéder au guichet.

— Je suis prête à tout, ajouté-je en posant la paume sur ma poitrine.

Shane, songé-je. *Je regrette tellement.*

Le miroir au dos fissuré renvoie un éclat d'ombre qui fait sursauter Tchaka.

— Pamplemousse ? propose-t-il timidement.

En guise de réponse, je secoue la main. Celle de Béa trouve la mienne, et une lumière orange frappe le sol.

— Répète trois fois, je paierai, me souffle Béa.

Je m'exécute, et aussitôt l'air se tend. Un bruit s'ajoute au sifflement. Discret d'abord, puis de plus en plus net. Un genre de tac-tac. On dirait une agrafeuse ? Il y a aussi une petite clochette, comme celles qu'on agite au guichet quand on s'impatiente.

— C'est bon signe, encourage Tchaka, hypnotisé.

Le courant de la rivière invisible, qui se fabrique au milieu du cercle, caresse ma peau. L'eau en moi, ma seconde nature, répond. Elle est docile et têtue à la fois. Malgré tout, je m'y ancre. Je pense à ses yeux quand il est entré dans ma chambre le premier soir, gêné. J'entends nos rires au marché. À cette jalousie qui me rongeait les entrailles à chaque fois qu'une fille le déshabillait du regard. À ses mains sur mes hanches.

— Je ne demanderai pas où vous l'avez emmené, lancé-je. Je demande juste comment je le ramène.

Le tac-tac se rapproche. Il devient une sorte de pluie sèche. Des agrafes ? Des tickets ? Je vois, sur le bord du miroir, glisser quelque chose qui n'est pas de la lumière. Comme un ruban de papier, très fin, où des chiffres s'alignent et s'effacent aussitôt.

— Prépare-toi, prévient Béa. Quand ça s'ouvrira, l'air va pousser. Tu devras rester dans le cercle. Et souviens-toi que je tiens le fil.

Je hoche légèrement la tête. J'inspire fort par la bouche. L'eau frissonne. Le sel claque, fort cette fois-ci.

— Shane, l'appelé-je.

La tasse cliquette, avant de se soulever de quelques millimètres.

Une seconde d'arrêt.

Le silence.

Puis le monde craque.

Non pas dans un tonnerre hollywoodien, mais plutôt comme le son sec d'une agrafe qui saute, suivi du long soupir d'un rideau qu'on déchire.

Les flammes des bougies se penchent vers le centre. Le miroir avale la lumière.

L'odeur me frappe d'abord : du papier, de la poussière, ponctuée par cette pointe d'ozone qui pique la langue. Puis vient le bruit, presque comique, d'une petite clochette.

— Numéro…, commence une voix lointaine, métallique et banale à la fois.

— Tu y es… souffle Béa.

Je n'ai le temps de rien.

Le portail se déchire.

Chapitre 27

Shane

Le numéro rouge sur mon ticket s'efface, avant de réapparaître : 666-13.

C'est le même qu'hier, je crois. Ou avant-hier peut-être ? C'est impossible de compter le temps quand les trois aiguilles des horloges sont bloquées vers le 6...

Un grésillement, en provenance du haut-parleur dans le coin, résonne dans la salle.

— Dossier 666-13, gronde une voix métallique. Veuillez vous avancer vers le guichet 12. Et merci de patienter dans le calme éternel.

C'est bien de nous le rappeler, des fois que l'on aurait oublié où l'on se trouve, songé-je.

Je me lève avec peine. J'ai l'impression que mes jambes engourdies couinent en même temps que la chaise. Une centaine de créatures attendent encore : des démons de rangs inférieurs, comme moi, des âmes administratives, des esprits syndiqués, et quelques silhouettes floues en costume. Nous avons tous un point en commun, en plus de nous trouver ici, bien sûr... Aucun ne parle. On n'échange que des soupirs parfaitement homologués.

Le couloir jusqu'au guichet 12 est long, ponctué d'affiches beaucoup moins motivantes que des Post-it colorés, qui me reviennent en mémoire.

« *L'éternité commence ici !* »

« *Un formulaire bien rempli, c'est une âme bien référencée.* »

« *Rappelez-vous que le client n'existe pas.* »

Charmant.

Derrière la vitre du guichet, un démon m'accueille avec un sourire professionnel accroché aux lèvres. Il a des cornes limées et porte une chemise lilas, sous sa veste de costume noire. Dessus, il y a un badge qui clignote impossible à rater.

« Aldor, adjoint remplaçant au Service des Rappels Accidentels. »

— Shane, démon du 5e cercle en mission de surface ?

— Présent. Enfin... je crois...

Sur son bureau métallique, à côté de son clavier d'ordinateur, se trouve un gros bouton rouge.

— C'est quoi le bouton, là ?

— Rien du tout. Espérez juste que je n'aie pas à l'utiliser. Je lis ici que vous avez été rappelé à la suite d'une conduite défavorable à vos obligations, et à un vœu émis par une entité vivante. Vous confirmez ?

— Oui, j'ai vu la notification. Très poétique, d'ailleurs.

— Dans un premier temps, nous allons vérifier vos aptitudes, afin de nous assurer qu'elles sont conformes aux standards du département. En fonction des résultats, un recalibrage sera alors mis en place.

— Super. J'adore les audits.

Aldor tapote sur son clavier.

— Dites-moi si je me trompe : vous avez cessé d'accomplir vos missions le... *vingt-neuvième jour du cycle terrestre précédent, c'est bien ça ?*

— J'ai... pris un congé.

— Hum. Mais, les congés n'existent pas.

— Je sais. C'est ce qui les rend si attrayants justement.

D'un mouvement vif, il relève la tête vers moi.

— Quel est le motif de votre désengagement ?

Je pourrais mentir. Par habitude, ça me viendrait naturellement. Mais j'en ai marre des demi-vérités.

— Quelqu'un m'a demandé de rester, avoué-je. Et j'ai eu envie d'essayer.

Le démon cligne des paupières. Je crois distinguer les rouages de son cerveau sous ses cornes qui tournent à plein régime. Quand tout à coup, ses yeux s'écarquillent. Il vient de comprendre.

« Adjoint remplaçant »...

— Ah, oui ! Je note donc... contamination par un concept humain très contagieux.

Il pianote sur son clavier avec une frénésie déroutante. Je me penche un peu, pour essayer de voir son écran, mais il est trop bas et pas du tout dans mon axe.

— Et ça se soigne comment ?

— Avec le temps. Ou l'oubli. Les deux donnent de bons résultats. Mais rassurez-vous, tout sera prévu dans le recalibrage.

Je ricane.

— Je doute que cela fonctionne sur moi.

Les touches cliquettent encore.

— La maladie est-elle liée à « l'entité vivante » qui a formulé le vœu de votre rappel ?

— Elle a un nom, vous savez.

— Pas ici. Comme toutes les âmes, elle a seulement un numéro.

— Je préfère l'appeler par son nom. Z...

— Je vous l'interdis ! me somme-t-il en levant la voix.

Je le fixe, avec une furieuse envie de désobéir qui me prend aux tripes. Mes lèvres se serrent en une grimace indécise. Ma mâchoire se contracte, et ma langue me chatouille. L'air se déforme légèrement, comme si les néons hésitaient à rester allumés. Aldor relève la tête.

— Je vous déconseille vivement de faire cela.

— Pourquoi ?

— Prononcer son nom avec cette intention. Cela va générer des interférences à la fois désagréables pour vous, et pour elle, où qu'elle soit.

Trop tard.

Un parfum de citron et de mer s'invite entre nous.

L'adjoint remplaçant fronce les sourcils. Il tape sur le bureau métallique avec sa main, et le son résonne autour de nous.

— Et voilà ! Qu'est-ce que je vous disais ?

— Oui. Et ça sent bon, non ?

Il soupire.

— Je vais devoir en référer au Contrôle, vous savez... Et je dois ajouter la mention... Où c'est déjà sur le formulaire ?... Ah ! c'est là ! Cas désespéré, à manier avec précaution.

Je penche la tête.

— Oui, c'est tout moi, ça. Et c'est quoi, le Contrôle ? C'est celui qui gère les anomalies sentimentales ?

— Exactement.

Je ne sais pas si je dois m'en réjouir ou craindre la suite des événements. J'ai déjà l'impression que la situation ne peut pas empirer.

Il appuie sur le gros bouton rouge à côté de son clavier, et une porte s'ouvre sans un bruit, juste dans son dos.

— Vous pouvez entrer. On va évaluer la gravité de votre cas.

Je franchis le seuil, et découvre une salle immense, remplie de bureaux en métal, identiques à celui d'Aldor. L'air ici est plus dense, saturé d'un grondement discret. Il bourdonne comme un cœur artificiel. Au fond, sur un siège en verre noir, se tient une silhouette féminine. Ses traits lisses contrastent avec ses yeux rouges.

— Bienvenue, Shane.

Sa voix résonne tant que j'ai l'impression d'être dans une cathédrale complètement vide.

— Je suis Contrôle. Installe-toi.

Je l'observe, surpris. Je n'imaginais pas que le Contrôle était une démone. Cependant, je m'exécute, et choisis une chaise à proximité.

— Alors ? Je suis un cas, il paraît ?

— C'est ce que je lis sur ma tablette. Tu es le premier démon rappelé en réponse à la formulation d'un vœu non hostile.

— Super ! Je suis unique. C'est flatteur.

— Ou inquiétant. Les statistiques s'effondrent. En général, les humains ne souhaitent pas le retrait de nos agents. Ce que nous leur offrons les séduit.

— Elle ne l'a pas fait exprès. Je suis sûr qu'elle ne savait même pas ce qu'elle faisait.

— Mais son intention était sincère.

Mon cœur s'affole. Alors, Zoé a vraiment voulu que je disparaisse, que je retourne d'où je viens… Contrôle garde les yeux braqués sur moi. Elle me dissèque.

— Dis-moi ce que tu ressens.

— Franchement ? J'ai l'impression d'être un ticket oublié dans un portefeuille. Quelque chose que l'on désirait conserver pour s'en souvenir, et que l'on a fini par reléguer dans un coin.

— Et pour l'entité ?

Je ris, sans joie.

— Trop compliqué. Trop lumineux. Trop… vivante. Vous ne pouvez pas comprendre de toute façon. À quoi bon ?

À l'aide de son stylet, elle griffonne des trucs sur sa tablette.

— Vas-tu essayer de l'oublier ?

— Peut-être. Je pourrais.

— Ce n'est pas très précis comme réponse.

Je souffle.

— Je préfère attendre.

Contrôle me fixe.

— Tu comprends que ton dossier restera bloqué tant que tu résisteras. Et comme tu peux le constater, malgré l'amplitude de cette pièce, il n'y a pas grand-chose à y faire.

— Je sais.

— Crois-tu que l'entité vivante pourrait tenter d'intervenir ?

Je relève la tête.

— Non. Elle n'en est pas capable. Elle n'a pas les ressources nécessaires.

— Tu es sûr ? Les humains amoureux franchissent souvent l'impossible.

Un frisson me traverse.

— Elle n'est pas humaine. C'est une sirène.

— Tu sais bien que pour nous, c'est pareil... Alors ? Penses-tu qu'elle pourrait trouver le moyen d'interférer ?

Je me remémore les odeurs, ainsi que sa voix que j'ai cru entendre.

— Est-ce que... hésité-je. Vous la sentez aussi ?

— Oui. C'est comme une fluctuation. Un genre de courant. C'est difficile à déterminer, mais une chose est sûre, elle agit.

Mon cœur se serre. Suis-je dingue d'oser imaginer qu'elle a formulé ce vœu sans foncièrement le penser ? Quand tout à coup, je réalise ce que cela implique.

— Non ! Elle ne doit pas venir.

— Pourquoi ?

— Parce que l'enfer ne laisse aucune place aux gens qui espèrent. C'est un concept qui est brisé, rendu obsolète par les années d'attente.

— Et pourtant, toi...

Je baisse la tête.

— Je ne suis plus sûr d'où je me situe.

Elle se lève, et sa silhouette se brouille.

— Si elle franchit la barrière, le système va chercher à la classifier.

— Classifier ?

— La coller dans une case. Et... les cases, ici, sont définitives.

Je me redresse.

— Alors, ouvrez une sortie. Tout de suite.

— Je n'ouvre pas les portes, Shane. Je surveille la stabilité des lieux et de leurs occupants.

Elle s'avance. Son visage devient flou, presque humain.

— En revanche, chuchote-t-elle, tu pourrais peut-être l'aider à se repérer.

— Comment ?

— En restant juste à l'endroit où ton souvenir le plus fort a pris racine.

Je ne comprends pas. Je réfléchis quand l'idée s'impose : ne pas bouger. Je dois me focaliser sur le lieu du souvenir. C'est ici que tout a vraiment débuté entre Zoé et moi. La cuisine, les pâtes au citron et à l'ail, les confidences, et surtout, notre premier baiser.

— Si elle suit ton écho, complète Contrôle, elle trouvera la faille.

— Et si elle se perd ? Ou si je ne parviens pas à la localiser ?

— Alors, elle deviendra un incident statistique.

Je me frotte la nuque.

— Putain ! Qu'est-ce que je peux détester vos satanées statistiques !

— Rassure-toi, parfois, cela m'arrive également.

Elle commence à s'éloigner, quand je bondis sur mes pieds.

— Attendez !

Elle se retourne, mais je ne perçois toujours pas son visage. Juste ses deux billes rouges et cette silhouette longiligne.

— Pourquoi est-ce que vous m'aidez ?

— Peut-être qu'en mon temps, j'ai moi aussi été unique…

Sans un mot de plus, elle disparaît. Je me retrouve seul, au milieu du vide administratif. L'odeur de citron pulse dans l'air.

— Tu viens vraiment pour moi, ma sirène ?

Pas de réponse. Juste un bruit d'eau qui remplace le grondement, comme l'écoulement d'un petit ruisseau, au bord du silence.

Mes mains s'échauffent.

— Aïe !

Des filaments de lumière s'y dessinent. En y regardant mieux, je découvre des lignes de code en feu le long de mes veines. Ma chair disparaît, puis réapparaît.

Je sais ce qui m'arrive !

Ce qu'ils sont en train de faire !

Le système est en train de m'effacer.

— Fais vite !

Je reconnais cette voix. C'est celle de Contrôle.

Deux bips claquent dans le vide, puis un panneau s'allume au-dessus de moi. En lettres rouges s'affiche : rappel suspendu – interférence émotionnelle détectée.

Les néons vibrent, puis éclatent. La lueur écarlate de l'écriteau s'installe, ponctuée par le rythme tranquille d'un cœur. Le mien, qui palpite jusque dans mes tempes.

Et quelque part, très loin, un timbre doux, presque chantant, que j'identifie aussitôt.

« Je viens te chercher. »

Je souris, soulagé et inquiet à la fois.

Comment vais-je pouvoir lui dire que je ne pourrai pas la suivre ?

Je m'avance vers le centre de la pièce, fébrile, presque tremblant, et j'attends.

J'attends de voir son visage une dernière fois.

Chapitre 28

Zoé

L'air se froisse. Un bruit sec, suivi d'un souffle qui sent l'encre, la poussière et surtout, le désespoir. Les bougies s'inclinent toutes dans la même direction, comme si elles cherchaient à fuir.

— C'est normal, murmure Béa, la main crispée sur le grimoire. Ne bouge pas.

C'est plus facile à dire qu'à faire.

Le miroir posé devant moi devient liquide. Sa surface ondule, puis se durcit à nouveau. Des chiffres apparaissent dessus : 666-13.

J'ignore pourquoi, mais j'ai l'impression de les connaître.

— Christopher… chuchoté-je.

Un éclair de lumière violette jaillit du bord du miroir. Tchaka bondit en arrière, le poil hérissé.

— Pamplemousse ! s'écrie-t-il. Pamplemousse ! Pamplemousse !

— Pas encore ! m'énervé-je.

Mon souffle est court. Mes jambes tremblent presque autant que mes mains. Le halo s'étend et s'étire en hauteur. Il forme une mince brèche verticale. Petit à petit, elle s'élargit assez pour me permettre de passer. De l'autre côté, je ne distingue rien, à part une lueur blafarde, d'un blanc maladif. Elle est accompagnée d'un son régulier, aussi déprimant qu'un métronome en plus métallique. Cette fois, j'en suis sûre, c'est bien celui d'une agrafeuse.

Cela semble si froid, si impersonnel.

Je vacille.

— Béa ?

— Je tiens le fil, me rassure-t-elle. Mais n'avance pas trop quand même !

— Ça va être compliqué…

Un parfum de citron titille mes narines. C'est lui. Ce n'est pas mon imagination. Je le sais. Je le sens.

Mon cœur fait un bond. Des fourmillements s'agitent au bas de mon dos. Ils me stimulent, m'incitent à rejoindre l'autre partie de ce lien qui nous unissait.

Je tends la main.

Les contours violets de la brèche frémissent, puis mes pieds décollent du sol. Une bulle d'air m'aspire. Béa hurle mon nom. Tchaka prononce quelque chose qui ressemble à une prière.

Et je tombe.

La chute est longue. J'ai l'impression d'être Alice qui, poussée par la curiosité, s'est avancée trop loin dans l'antre du lapin blanc. À la différence que je ne croise aucun meuble ni objet.

Juste du vide et cette lueur blafarde.

Enfin, mes mains et mes genoux heurtent le sol. Je devrais souffrir après un atterrissage aussi violent, or, tout ce que je sens sous mes doigts, c'est ce parterre, trop lisse, trop propre. On dirait du métal poli, froid comme un frigo.

Je me relève, et face à moi, je découvre des rangées de bureaux qui s'étendent à perte de vue, tous alignés au cordeau. Les « employés », si c'est ainsi qu'on les désigne, gardent le nez baissé sur leurs tâches. J'ai l'impression d'être transparente. Des néons grésillent au-dessus de ma tête.

Comme si un haut-parleur géant était planqué dans les hauteurs, une voix déclare : « Merci de votre présence. Veuillez patienter dans le calme éternel. »

— Je crois que je ne vais pas me plaire ici. Je préfère le rugissement des vagues, murmuré-je.

Un dossier tombe quelque part. Je sursaute. Le bruit résonne comme un coup de tonnerre miniature.

L’air sent la cendre, la sueur… et le café froid. Je me tourne dans tous les sens, à la recherche de la personne qui a dû se pencher pour le ramasser.

— Excusez-moi ? tenté-je. Vous me voyez, au moins ?

Je patiente, mais seul le silence me répond.

J’avance de quelques pas. Mes talons claquent sur le sol métallique. Le son se perd aussitôt dans la profondeur de la salle.

À ma gauche, un homme – un démon, je suppose – feuillette des papiers. Il porte une cravate trop serrée et des lunettes sans verres.

Je vais bien, tout va bien…

Je me racle la gorge.

— Pardon… Pouvez-vous m’indiquer… un guichet peut-être ? demandé-je, hésitante.

— Numéro ? grogne-t-il.

Mince ! Qu’est-ce que je suis censée répondre ? C’était quoi déjà les chiffres ?

— Je… je cherche Christopher.

— Pas de prénom ici. Juste des numéros.

Réfléchis, Zoé ! Réfléchis !

— Ah oui ! 666-13 !

Pourvu que ce soient les bons et que ma mémoire soit opérationnelle. Ce n’est ni le moment ni l’endroit pour mon cerveau de jouer à cache-cache avec Alzheimer !

Le démon tressaille.

— Guichet 12. Tout droit, puis à gauche après le distributeur d'agrafes.

Je pince les lèvres tout en levant les sourcils. Je m'attendais plutôt à un distributeur de café, mais en même temps, ce n'est pas le paradis, ici...

— Merci.

Mes pieds pèsent une tonne. Plus j'avance, plus mon ventre se noue. La machine à agrafes ressemble à un distributeur de préservatifs géants qui tousse des éclairs. Une mauvaise blague pour rappeler les plaisirs terrestres sans doute...

Le plus curieux, c'est le panneau qui indique : « *Usage interne uniquement. Ne pas nourrir après minuit.* »

Je crois que je préfère ne pas savoir pourquoi.

Plus j'avance, plus l'air devient dense. Mon instinct aquatique perçoit des courants chauds invisibles, comme des rivières de feu sous ma peau. J'ai l'impression que l'on tente de me faire comprendre que je ne suis pas à ma place.

« Ma sirène. »

Les mots me percutent si fort que je m'immobilise quelques secondes avant de repartir d'un pas plus vif.

— Tiens bon, murmuré-je.

Enfin, j'arrive devant le guichet 12. Et là, derrière une vitre opaque, alors que je m'attendais à obtenir un début d'explication, le bureau est vide.

Sur le comptoir, il reste un ticket rouge posé bien en évidence. Je le prends. Il brûle un peu, puis devient tiède.

666-13 – Rappel suspendu. Interférence émotionnelle détectée.

— Interférence ? Quel drôle de terme !

Le sol vibre. Le néon au-dessus clignote quatre ou cinq fois avant d'exploser. Une nouvelle fissure, écarlate cette fois, s'ouvre dans l'air, pile devant moi. Au centre de cette brèche se découpe une silhouette.

Je la reconnaîtrais entre mille.

Mon cœur exécute une série de saltos !

Shane.

— Zoé ? Alors, c'est vrai. Tu es venue.

— Oui, bien sûr !

Je tente de franchir la faille, mais mon corps se heurte à une résistance. Elle est molle et gluante, comme de la gelée.

— Tu n'aurais pas dû. Tu ne devrais pas être là ! crie-t-il.

— Eh bien, on dirait que c'est trop tard. Je croyais que tu souhaitais rester. Et... je me devais... Non ! Je voulais...

J'insiste pour forcer le passage, tandis que lui se tient toujours immobile.

— Tu ne devrais pas... Ce n'est pas un endroit pour toi, ma sirène...

Ses paroles perdent en intensité sur les derniers mots, comme si elles lui avaient échappé et qu'il avait tenté de les retenir.

— Doucement, le fil...

La voix de Béa est si lointaine que c'est à peine si j'y prête attention. Je continue, quand enfin, l'air s'arrache dans un bruit de scratch. Déséquilibrée, je déboule de l'autre côté et manque de tomber. Shane m'attrape par réflexe. Ses mains brûlantes dans mon dos m'attirent contre son torse. Ses bras s'enroulent autour de moi comme un cocon protecteur.

— Dès que je t'ai vue, j'ai su que tu avais un grain, murmure-t-il.

— J'assume, avoué-je.

Je relève le nez, le forçant à me libérer un peu. La lumière rouge de l'endroit lui confère une apparence à la fois réelle et transparente.

— Contrôle m'a prévenu, souffle-t-il. Si tu restes, ils vont te classer.

— Désolée, mais je ne comprends rien à ton charabia, même si ça n'a pas l'air très réjouissant. De toute façon, je m'en fiche !

Il éclate d'un rire nerveux.

— Décidément, tu es toujours aussi bornée. Même dans ces circonstances.

— Et toi, tu es toujours sarcastique. Alors, c'est parfait... Rien n'a changé.

Je souffle ces mots en espérant qu'il saisisse le sous-entendu. Je veux le ramener avec moi. Et surtout, je souhaite plus que tout le garder à mes côtés.

Un bruit de pas approche. Des silhouettes surgissent à l'autre bout de la salle : trois démons habillés de façon identique. Costume noir, chemise lilas, et dans les mains de celui du milieu, ce qui ressemble à un dossier.

Shane me place derrière lui, mais je n'ai pas envie de me cacher. Je suis là pour l'aider, pas pour être protégée.

— Shane, démon du 5e cercle ?

— Ah ! Vous vous trompez, messieurs, répond-il du tac au tac. Je suis absent. Demandez à Contrôle.

— Non enregistré, réplique l'un d'eux. Mesure corrective en cours.

L'air vibre. Il se transforme en bourrasques qui font claquer mes cheveux.

— Zoé, tu dois partir ! crie Shane.

— Hors de question ! Pas sans toi !

Le démon du milieu ouvre son dossier. Un souffle glacé en sort, comme si on avait déchiqueté un contrat. Les feuilles se mettent à tournoyer autour de nous en spirale.

— Présence d'entité vivante détectée, récite-t-il. Classement. Affectation. Archivage.

— Archivage de quoi, exactement ? m'insurgé-je. Parce que vivante, je le suis, et je tiens à le rester. Mais je veux que tu m'accompagnes !

— Zoé... gronde Shane.

Il m'attrape par les épaules pour me pousser en arrière. Il tente de me ramener vers la faille. Je plante les talons dans le sol métallique. C'est lisse, et je glisse un peu. Malgré tout, je m'accroche à ses avant-bras.

— Tu l'as dit toi-même que tu voulais rester, je n'ai pas rêvé ?

Il secoue la tête. Mes yeux s'embuent. Ma gorge se serre. J'ouvre la bouche pour mieux avaler l'air, pendant que mon cœur pompe à une vitesse vertigineuse. Il tape si fort contre mon sternum que cela en est douloureux.

— Alors, je ne te laisse pas, répété-je d'une voix étranglée. Je t'ai fait venir chez moi. Je t'ai déjà sauvé une première fois. Et je recommencerai autant de fois que nécessaire.

— Tu m'as peut-être incité à venir, mais c'est un sort foireux qui m'a obligé à y rester, corrige-t-il.

— Putain !

Je dis rarement des grossièretés. Il faut vraiment que je sorte de mes gonds.

— Même ici, dans ces circonstances, tu trouves le moyen de chipoter. On va faire simple. Est-ce que tu veux toujours rester avec moi ?

Le silence s'étire. Mes yeux se posent sur les démons. Eux aussi sont aux aguets. L'un d'eux lève un sourcil. L'autre fait un genre de grimace indéchiffrable. Et le troisième tient son stylo en l'air, prêt à griffonner quelque chose dans son dossier.

— Je... je veux ton bonheur, déclare Shane.

Je n'ai pas le temps de répliquer.

— Relation affective avérée, note le démon.

Je secoue la tête, béate.

— Non, mais je rêve ! Il écrit ça alors que ta réponse est on ne peut plus floue ! m'étranglé-je.

Soudain, la voix de Béa me parvient, comme un courant d'air chaud dans une chambre froide.

— Zoé ! Le fil se tend trop ! Je vais bientôt le perdre ! Je te laisse encore trente secondes !

Elle paraît très loin, comme au fond d'un tunnel. Je serre la mâchoire.

— Trente secondes, on peut y arriver, précisé-je.

— Non. Ce ne sera pas suffisant pour me faire sortir d'ici, répond-il d'une voix plus grave. Ils me retrouveront toujours, où que j'aille.

Sa sincérité me frappe plus fort qu'une gifle. Il sait ce que je refusais de m'avouer... que je ne pourrai pas l'emporter... Que je suis venue voir, pas prendre ni sauver. Que l'enfer est construit pour que l'on supplie, pas pour qu'on reparte avec ce qui nous apportera de la joie et du plaisir.

— Zoé, insiste Béa, je vais te perdre.

Le fil. Oui. Elle m'a dit de ne pas trop avancer. De ne pas traverser. De ne pas rompre l'ancrage. Bien sûr, je ne l'ai pas écoutée.

Un des démons approche.

— Classement immédiat.

Shane me lâche, et se jette sur lui.

— Toi, tu ne la classeras pas !

Ils tombent tous les deux à la renverse, tandis qu'un autre essaie de les séparer.

— Shane !

Ma voix n'est que désespoir.

— Le rappel de monsieur est déjà enregistré, articule le troisième démon, imperturbable. C'est vous qui êtes l'anomalie.

Je suis celle qui n'aurait pas dû réussir à passer. Je n'ai même pas payé de tribut. Me classer signifie me garder. J'hésite. Cela me permettrait-il de rester avec Shane ?

Le sol commence à s'étirer sous mes pieds. C'est comme si on m'attrapait par la taille avec un crochet invisible. Le cercle de Béa me rappelle. Le rituel est en train de se refermer.

— Zoé !

Maintenu par ses geôliers, j'aperçois malgré tout le regard de Shane braqué sur moi.

— Je suis désolé, ajoute-t-il.

Les bords de ma vision se floutent. L'air s'effiloche. Le sel noir me réclame. J'ai la sensation étrange d'être à la fois dans cette salle et dans l'arrière-boutique.

— Je ne veux pas te laisser, m'alarmé-je.

La phrase sort plus nue que prévu.

— Tu seras toujours avec moi...

Le sol s'efface sous mes pieds.

La lumière rouge s'éteint.

Et puis plus rien.

Quand je rouvre les yeux, je suis à genoux, les poings serrés. L'air de la boutique sent la cire chaude, le métal du sel noir... et surtout, le vide. Béa se précipite, m'appelle, mais sa voix lointaine flotte comme au travers d'un rêve. Le miroir devant moi a perdu son éclat violet. Il n'est plus qu'une plaque inerte.

— Zoé ? Tu m'entends ? souffle Béa.

Je hoche la tête. Le monde tangue autour de moi. La pièce, les bougies, tout est pareil et pourtant si différent, suspendu, en apnée.

— J'ai échoué... murmuré-je. Il est resté... Ils vont... ils vont le briser... Je l'ai... perdu.

Les mots me coupent la gorge. Je ne sais pas si c'est la magie ou le chagrin, mais j'ai l'impression qu'on m'arrache un morceau de cœur encore chaud.

D'une patte prudente et douce, Tchaka m'effleure le bras.

— Tu es revenue entière, c'est déjà un exploit.

— Génial... j'aurais préféré revenir avec lui.

Béa m'aide à m'asseoir, les mains tremblantes.

— Tu as essayé. Beaucoup n'auraient pas osé.

Je pouffe. Un rire fissuré, sans joie.

— C'est fou ! Je croyais qu'une sirène pouvait toujours retrouver le chemin de la mer. Shane, c'est mon océan. Avec lui, je respire… Je me sens…

— Je sais, confirme Béa d'une voix douce.

Elle me prend dans ses bras, et Tchaka vient se blottir contre nous.

Tout autour, les bougies se consument en silence. L'air a le goût du sel, du fer… et du citron. Une trace presque imperceptible, comme un dernier mot laissé derrière lui.

Je ferme les yeux.

Son parfum, son rire, sa voix.

C'est tout ce qu'il me reste.

Dois-je m'avouer vaincue par la bureaucratie infernale, noyée sous leurs formulaires démoniaques ?

Chapitre 29

Shane

Les néons vibrent comme des insectes piégés dans un bocal. Le panneau rouge, qui clignote encore, affiche toujours :

666-13 – Rappel suspendu. Interférence émotionnelle détectée.

On croirait le diagnostic d'un rhume sentimental.

Les deux cerbères me maintiennent depuis ce qui semble une éternité. Le sol métallique pulse, comme s'il respirait. Dans l'air flotte un reste de parfum... le sien... la lavande, mélangée au citron. Je ferme les yeux pour mieux m'en imprégner. Il ravive des souvenirs précieux. Je revois sa main et ses doigts délicats, avec ses ongles vernis. J'entends le son de sa voix, ainsi que son rire. Puis tout se brouille d'un coup.

Quelqu'un tousse derrière nous : le démon, avec son sourire administratif, qui tient un dossier dans une chemise en carton marron.

— Shane, démon du 5e cercle. Vous êtes prié de me suivre.

— Hum ! Vous dites ça comme si j'avais le choix. Ne faites pas tant de manières. On sait tous que je ne l'ai pas.

— C'est exact. Mais j'apprécie les initiatives verbales. Cela aide pour le compte rendu.

Sans attendre, il exécute une volte-face. Ses pas résonnent, ponctués d'un *clac clac* qui me rappelle les talons de Zoé dans la boutique. Je serre les dents. Comme si ce geste allait fermer mes oreilles et m'empêcher d'entendre.

Le contraste m'achève...

Escorté de près par mes deux gardes du corps, nous traversons un enchevêtrement de bureaux anonymes, d'imprimantes fumantes et de démons qui tamponnent des formulaires avec la concentration de moines bouddhistes.

— C'est lui ? s'enquiert l'un d'eux.

— Oui. C'est le sujet 666-13.

— Ah, l'amoureux. On ne parle que de lui autour du distributeur de cauchemars.

— J'espère au moins que je rapporte un max de points sur la carte de fidélité.

Je n'entends pas la réponse. Ils échangent quelques phrases ponctuées de rires, que je préfère éviter d'écouter. J'ai les nerfs à fleur de peau. Mon cerveau trouve refuge dans les yeux bleus de ma sirène, même s'ils étaient piqués de rouge. Le signe évident qu'elle avait pleuré. Je m'en veux tellement de lui infliger tous ces tracas. Elle aussi regrettera un jour de m'avoir sauvé. Peut-être qu'elle finira par me détester.

Tant mieux.

Alors, elle sera libre.

J'espère pour elle que ce jour viendra vite.

Le démon-guide me sort de mes idéologies en m'invitant à le suivre à nouveau. Il s'arrête devant une porte métallique sur laquelle clignote un avertissement :

Salle d'entretien

Émotions non autorisées

Super ! Voilà qui me correspond en tout point. Ils auraient pu préciser « sarcasmes tolérés sous conditions », j'aurais signé tout de suite.

Le battant s'ouvre en émettant un long chuintement. Tout ce blanc à l'intérieur, sans ombre ni relief, me filerait presque la nausée. Au centre de la pièce, sur la table rectangulaire, se trouve un globe posé sur un petit pied argenté. Mes yeux sont captivés par le contenu. Il a l'air de renfermer une matière plutôt liquide et assez lumineuse.

Va-t-on me lire mon avenir ?

J'en doute… À moins que cela fasse partie intégrante d'une torture infernale.

Sur une des deux chaises situées face à face, Contrôle m'attend.

— Installe-toi, Shane.

— Vous allez de nouveau me passer au grill ? Sans mauvais jeux de mots, parce qu'ici on sait tous les deux comment ça peut finir.

— En effet. C'est pour cela que c'est inquiétant.

Les deux gorilles me lâchent, avant de faire demi-tour. Je m'assois, pendant que le démon-guide referme derrière moi, puis il se place dans un angle. Il ouvre sa chemise en carton marron, d'où il sort un carnet et un stylo. Son air ravi me donne envie de lui faire avaler de force chaque feuille de son calepin.

Contrôle pose les doigts sur le globe. Une onde parcourt la pièce. Le sol s'illumine d'un réseau de lignes rouges, qui me traversent comme un scanner.

— Lecture des flux émotionnels… murmure-t-elle.

Je fronce les sourcils.

— Je suis curieux de voir ce que vous allez trouver. Pas assez démoniaque… ça, je savais déjà ! À recycler, aussi ! Tendance à désobéir, refuse de remplir ses missions… ce ne sera pas un scoop…

Un silence pesant s'installe. Ma gorge se noue. Les représailles ici peuvent très largement dépasser l'imagination du commun des mortels.

— Alors ? Comment se porte mon cœur, Docteur ?

La lumière rouge pulse au rythme de mes battements. Le sol renvoie ma silhouette déformée, comme si j'étais en train de fondre dans mon propre reflet.

— Il fonctionne trop bien, murmure Contrôle. C'est ce qui pose problème.

Elle continue son étude en silence, pendant que je commence à craindre le pire.

— On s'en doutait déjà, mais là, c'est confirmé. Vous avez développé une interférence avec une entité vivante, reprend-elle d'un ton calme. Les rapports mentionnent un lien instable et persistant.

Je le savais que Zoé m'avait « contaminé » comme ils disent, ici. Cependant, et pour la protéger, je pensais arriver à gérer mes émotions. Ils pourraient la menacer pour parvenir à leurs fins. Je choisis donc de tout avouer. Peut-être qu'ainsi, ils ne s'en prendront qu'à moi.

— Oui. Ça signifie aimer quelqu'un. Et parfois, ça laisse des traces.

— Un attachement sentimental ?

— Non. C'est au-delà du simple attachement. C'est plutôt... une dépendance chimique. On appelle ça l'amour. Vous devriez essayer, ça vous décoincerait peut-être un peu.

Le démon lève la tête de son carnet, l'air choqué.

Alors, oui, je m'énerve après Contrôle, bien qu'elle ait tenté de m'aider. Cependant, j'en ai marre de toutes leurs simagrées. Je veux savoir quelles tortures rocambolesques ils me réservent.

— Notez qu'il ironise, ordonne Contrôle sans me quitter des yeux.

Essaie-t-elle encore d'œuvrer en ma faveur ?

— Bien, consent le scribe avec un sourire satisfait.

Je me retiens de soupirer.

— OK. Ne perdons pas plus de temps ! Dites-moi ce que vous me reprochez cette fois, et surtout la sanction qui me pend au nez.

— Tout.

J'attends une suite qui tarde et qui me gonfle. Je m'apprête à bondir, quand elle enchaîne.

— Vous avez faussé des rapports, désobéi à trois ordres directs, et un être de la surface s'est permis d'interférer dans votre rappel.

— Une sirène.

— Peu importe le terme ! Vous avez laissé votre flux émotionnel se synchroniser avec le sien.

— Peut-être parce que Zoé a un cœur. Et que ça m'a remémoré à quoi servait le mien.

Un silence tombe. Le globe entre nous émet une pulsation plus forte, presque un battement. Je jurerais qu'il réagit à son nom à elle.

— J'ai l'impression que vous ne comprenez pas. Ou alors, que vous ne voulez rien entendre. Shane, ce lien ne devrait plus exister, déclare Contrôle.

Je souffle.

— Je sais, avoué-je. Mais qu'est-ce que je peux y faire ? J'ai essayé de le rejeter. Et pourtant, il est là. Au fond de moi, je le ressens, plus fort que jamais.

Je frappe ma poitrine avec mon poing comme si ce geste pouvait l'annihiler.

— Nous aussi. C'est pour cela que vous êtes ici.

Elle tapote le globe du bout de l'ongle. L'intérieur s'agite, et l'espace au-dessus de la table se brouille. Des images apparaissent. Finalement, quand je songeais à une boule de cristal, je n'étais pas si loin de la vérité... Mais mon ventre se contracte face au spectacle qui s'offre sous mes yeux.

Zoé est à genoux, au milieu d'un cercle noir. Son dos se soulève au rythme de ses sanglots, pendant que Béa la serre dans ses bras.

— Arrêtez ça.

— Impossible. Nous devons mesurer l'amplitude de l'interférence.

— Vous ne mesurez rien. Vous profanez un moment d'intimité.

Le scribe toussote.

— Il est de mon devoir de vous rappeler que toute donnée émotionnelle appartient au département, récite-t-il.

— Et il est aussi de mon devoir de te rappeler que je peux te transformer en confettis si l'envie m'en prend, grogné-je.

Contrôle esquisse un sourire.

— Toujours ce réflexe de défense par la provocation. Pourtant, Shane, tu avais toutes les capacités requises pour devenir l'un de nos meilleurs agents. Après ton arrivée, l'effacement avait très bien fonctionné. Tu excellais.

— Oui. Jusqu'à ce que je commence à penser par moi-même, et que les souvenirs remontent à la surface.

Elle croise les jambes et me dévisage pendant un moment.

— Tu veux savoir ce qui me fascine chez toi ?

— Ben, vas-y ! Je sens que je vais l'apprendre même si je dis non, de toute façon.

— Les démons comme toi, qui tombent amoureux, résistent plus longtemps à l'isolement et à la dissolution que tous les autres. Comme si le sentiment lui-même les retenait ici.

La dissolution... La seule sentence infligée par l'enfer lui-même capable d'annihiler un démon. J'en avais entendu parler, mais je pensais que c'était un mythe. Moi qui voulais mourir... Alors qu'il me suffisait de tomber amoureux et de retrouver l'envie de vivre pour y parvenir. Quelle contradiction !

Je hausse une épaule, feignant l'indifférence.

— Vous voyez, l'amour a des vertus. Vous devriez en discuter avec votre hiérarchie. On ne sait jamais...

— Je crains qu'ils n'apprécient pas la publicité. En général, c'est plutôt de l'autre côté que l'on prône ce sentiment, pas chez nous.

Je reste muet. Que répondre à cela de toute façon ?

Elle effleure à nouveau le globe, et l'image change. Désormais, c'est moi qui apparais. Je suis assis ici, l'air fatigué. Intrigué, je lève le nez à la recherche d'une caméra que je n'aurais pas remarquée.

Rien.

— J'ai une dernière question, Shane... si tu pouvais la revoir, une ultime fois, que ferais-tu ?

Je souris sans réfléchir.

— Je lui dirais qu'elle a foutu un sacré bordel dans ma tête, mais que je ne regrette rien. Que ça en valait chaque minute passée en sa compagnie ! Mais qu'elle aurait au moins pu me laisser une playlist avant de partir.

Le scribe lève son stylo.

— C'est à noter, madame ?

— Non, c'est inutile. Ça ne figure dans aucune catégorie, détaille-t-elle. Mais tu sais que si tu continues à défier le système, il t'effacera.

— Je l'ai bien compris. Tant pis. Effacé, je ne sentirai plus la douleur.

— Et tu ne sentiras plus rien d'elle non plus.

Je me fige. C'est le coup le plus bas qu'elle pouvait porter.

— Vous n'avez pas le droit d'utiliser cet argument.

— Je n'ai pas le choix. C'est la procédure. Et surtout, c'est le plus imparable. J'en sais quelque chose. Je ne me tiendrais pas là, devant toi, à cet instant précis, sinon.

Un éclat de lumière jaillit du globe. La lueur sanglante en provenance des lignes au sol s'intensifie dans la pièce.

— Qu'est-ce que vous faites ?

— Une dernière évaluation. Si ton lien subsiste, il devrait réagir.

Je veux protester, mais c'est trop tard. Une onde me traverse de part en part. Dans ma tête, une seule phrase résonne, fragile, et pourtant, reconnaissable entre mille.

« Je ne veux pas te laisser. »

Mon cœur s'emballe. Je serre les poings, les mâchoires, et tout ce que je peux.

— Arrête ça !

— Hum... murmure Contrôle. C'est ce que je craignais. Tu la ressens toujours, et elle aussi.

Le globe se fissure. Une lumière dorée s'en échappe, presque douce. Le démon-scribe panique.

— Madame, le flux sature !

— Je vois.

Elle se lève lentement.

— On aurait dû te reconditionner quand c'était encore possible, Shane.

Le sol vibre. Les néons explosent un à un. Je sens une traction dans ma poitrine, un appel vers le haut, vers ce parfum de sauge et de lavande.

— Le système mérite d'être piraté… Si tu arrives à t'échapper, et que tu la retrouves, je te souhaite une belle vie, Shane.

Je suis pris de court. À cet instant, tout ce qui me vient, c'est une réplique acide.

— Je transmets le message au service informatique.

Le doré s'efface, et tout devient rouge, puis noir. Les néons hurlent une dernière fois.

— Cas non classable… déclare le scribe. Rupture de protocole totale !

Sa voix se délite avant lui. Le bureau, la table, le globe, tout se dissout comme un mauvais tirage sur une imprimante.

Je ne vois plus la salle. En revanche, je sens autre chose. Dans le flux, il n'y a plus seulement mes émotions. Il y a celles de Contrôle qui se mélangent aux miennes.

Elle regrette.

C'est officiel : même l'enfer a ses états d'âme.

Elle me renvoie là-haut.

Chapitre 30

Zoé

Je ne sais pas combien de temps je reste là, les fesses dans le sel noir, à fixer un miroir qui refuse de redevenir magique. Est-ce une minute ? Ou une heure peut-être ? J'ai plutôt l'impression que mon calvaire dure une éternité.

La pièce a repris sa taille normale. Les couloirs blafards se sont effacés. Les néons hargneux se sont tus. Et les démons en chemise lilas ont disparu. Il ne reste que notre arrière-boutique, un peu trop petite pour contenir mon chagrin. La cire coule le long des bougies comme si de rien n'était. Tout est pareil. Sauf moi.

Béa garde sa main posée sur mon dos. Sa paume est chaude, ferme, présente. Elle attend en silence. Elle sait qu'il vaut mieux ne pas dire « ça va aller » trop tôt. Ça pourrait me donner des envies de mordre.

Tchaka, lui, tourne autour du cercle, la queue en point d'interrogation.

— Tu es revenue entière, répète-t-il.

Il s'imagine sans doute que le fait de le ressasser va me convaincre que toute cette expérience est une réussite totale.

— Tu l'as déjà dit, m'agacé-je.

— Oui, mais je trouvais que ça sonnait bien.

Je renifle. L'odeur du sel se mélange à celle de ma sueur, ainsi qu'à un résidu de magie brûlée. En note plus discrète, presque timide, je devine ce parfum de citron qui refuse de disparaître.

— Tu le sens aussi, demandé-je à Béa.

— Quoi donc ?

— Le citron.

Elle pose son nez à deux centimètres du miroir.

— Huummm... Non, je ne crois pas. Tout ce que je sens, c'est la cire chaude et un soupçon de brûlé.

Le silence retombe. Il est lourd, pesant et collant, comme des vêtements gorgés d'eau après un orage. Je passe mes doigts sur mon visage pour effacer une larme. Le rituel m'a épuisée.

— J'ai échoué, me lamenté-je une énième fois.

— Tu as survécu, me corrige Béa.

— Mais ce n'était pas l'objectif.

— Peut-être pour toi. Pour moi, c'était le plus important.

Je ferme les yeux. Des images remontent, si vives que j'en ai mal au cœur. Son torse contre le mien. Ses bras qui m'entourent. Son odeur. Ses sarcasmes même enfermés dans un couloir administratif. Sa façon de me dire de partir, tout en essayant de me retenir. Et surtout cette phrase idiote : « Tu seras toujours avec moi. »

Comme si ça suffisait.

— Je l'avais retrouvé, soufflé-je. Il allait se battre pour moi.

— Je n'en doute pas.

— Mais il a choisi de rester...

— Parce que c'est là que le souhait l'a ancré, Zoé. L'enfer ne lâche pas ses démons comme ça. C'est toute une administration, tu l'as vu toi-même.

Je souffle.

— Comment tu sais ça, toi ?

Je la sens hésitante.

— Shane n'est pas le premier démon que je croise. Et certains sont de vraies pipelettes.

— Hum...

Je suis convaincue qu'elle me raconte des sornettes, malgré tout, je ne creuse pas. Elle doit avoir ses raisons, et le moment venu, elle me dira tout. En fait, elle commencera par s'excuser d'avoir enrobé la vérité. Je la connais, ma Béa.

— Des coups de tampon et des clics à répétition, avec leurs satanées agrafeuses… Et moi, je suis revenue les mains vides. Je n'ai même pas songé à chercher son dossier pour le subtiliser… Il aurait peut-être pu s'enfuir, après.

Cette répartie fait naître un nouvel espoir.

— Tu crois que… ?

— Non ! Oublie, ma Zouzou. C'était déjà hyper dangereux de t'y envoyer une fois.

Mon cœur retombe en miettes. Si elle refuse, je devrai trouver un autre moyen. Une personne à qui je devrai accorder ma confiance… Même si, pour égaler celle que je ressens envers Béa, ça va être compliqué…

Je m'écarte d'elle pour me relever. Mes genoux protestent. Béa m'aide, même si ses doigts sur mes bras tremblent aussi.

— Tu m'as fait une de ces peurs, soupire-t-elle.

Elle m'enlace à nouveau.

— Tu NOUS as fait super peur, corrige Tchaka.

— Oui, nous, confirme Béa, en me libérant.

— Je ne vois pas pourquoi ? Je n'ai fait que passer par un portail vers l'enfer. Même si c'est vrai que je n'avais pas prévu le comité d'accueil en costume.

Je titube jusqu'à la chaise du fond. Je me laisse tomber dessus comme une pile à plat qui refuse de se recharger.

— Je crois que je vais vomir.

— Tu veux une infusion ? Une verveine menthe, peut-être ?

— Je veux Shane.

— Ça... malheureusement, ma Zouzou... Je ne peux rien... Mais l'infusion, je gère. Tchaka, tu ne la quittes pas d'une semelle.

— D'un coussinet, plutôt ! Mais vas-y, t'inquiète !

Elle s'éloigne en direction du petit évier, avant de mettre l'eau à chauffer en marmonnant. Je la connais. Dans son esprit, elle est déjà en train de refaire le rituel, tout en se demandant à quel moment « ça » a merdé.

Tchaka grimpe sur mes cuisses, s'installe, et colle sa tête contre mon ventre.

— Tu peux pleurer, tu sais, m'annonce-t-il avec la sagesse d'un chat qui a tout vu.

— Je crois que je n'ai plus de larmes, avoué-je, penaude.

— Parce que tu es passée en mode « sirène déterminée ». C'est nul, mais élégant.

Mes lèvres s'étirent malgré moi. Ce n'est pas vraiment un sourire, plutôt une grimace fragile.

— Ça fait quoi, là-bas ? me demande-t-il à voix basse.

— C'est... vide. Pas froid. Pas chaud. Juste... vide. Comme si on devait attendre qu'on nous dise quoi ressentir.

— Beurk.

— Ouiiii… Beurk.

Mes yeux se dirigent vers le cercle, et surtout vers ce fichu miroir. J'espère encore le voir pulser de sa lumière violette, se réactiver tout seul pour me permettre de repasser de l'autre côté.

Quand tout à coup, mon dos picote. Pile là où le lien me lançait, lorsque Shane et moi nous éloignions de trop.

— Béa ?

— Hum ?

J'entends à peine son onomatopée par-dessus le bruit de la bouilloire, et de l'eau qui commence à frémir à l'intérieur.

— Tu es sûre que le lien est brisé ?

— Magiquement, oui. Sans quoi, l'enfer n'aurait pas pu le rappeler. Sinon, ils l'auraient fait dès que tu as prononcé le vœu.

Mon cœur se serre de culpabilité, encore…

— Mais… Les échos…

— À cause des sentiments que vous éprouvez l'un pour l'autre ?

— Enfin… surtout les miens. Parce que pour lui, je ne suis sûre de rien… Mais, oui, c'est ça.

— Franchement… Je n'en sais rien. C'est une première pour moi de voir une sirène aller jusqu'en enfer chercher un démon rappelé. Ce n'est pas un cas d'école. Je n'ai jamais rien lu de tel, dans aucun grimoire. D'ailleurs… ça me fait penser qu'il faudra que je le consigne.

— On pourra faire un post là-dessus si tu veux, plaisanté-je faiblement. « Ce que personne ne vous dit sur les portails vers l'enfer. » #pasunebonneidée.

— #nefaitespasçachezvous, renchérit Tchaka.

Béa revient avec la tasse. Elle la pose devant moi. La forte odeur de menthe m'arrache une moue réprobatrice. D'habitude, j'aime bien, mais là, elle chasse celle du citron…

— Il n'y a pas un truc plus… démoniaque ?

— À cette heure-ci, c'est fini les trucs démoniaques. Le rideau est baissé. Bois.

— Tu me maternes.

— C'est interdit ?

— Tu sais que je déteste ça.

— Ça, c'est ce que tu dis.

Elle m'offre un vrai sourire. Je souffle en secouant la tête.

— Merci.

— Avec plaisir, ma Zouzou. Je serai toujours là pour toi.

— Décidément, je reste sur la touche, moi, ce soir, ronchonne Tchaka. ON sera toujours là pour toi ! Nanméo !

Je ris, et avale une mini gorgée. Le liquide chaud se fraie un chemin dans ma gorge où il apaise un peu le nœud. Il ne le fait pas disparaître. Il le rend juste légèrement plus supportable.

— J'aimerais bien qu'on réessaie ? tenté-je.

— Non, répond Béa aussitôt.

— Tu ne sais même pas ce que je compte faire.

— Et je ne veux même pas le savoir.

— On n'est pas obligées d'ouvrir. Je ne suis pas obligée de traverser. On pourrait juste… écouter.

— Écouter ?

— Attention, Béa… l'alerte Tchaka. Tu es en train de te faire embobiner, là.

— Mais non, pas du tout ! m'offusqué-je. Je pensais à mon sonar. Je pose ma main sur le portail, rien de plus ! Et j'envoie un appel. Ensuite, on voit s'il répond.

Béa hésite. Elle sait que si elle refuse, je suis assez têtue pour chercher quelqu'un d'autre qui acceptera. Pourquoi pas Alix, d'ailleurs ! Elle soupire comme une grande sœur résignée à s'occuper d'une cadette butée.

— Et à supposer qu'il te parle, tu vas vouloir faire quoi après ?

— Rien, promis, juré ! J'aimerais juste me rassurer… confirmer qu'il… qu'il… existe encore.

Béa lève les yeux au ciel.

— Tu réalises que ce que tu appelles « écouter », c'est déjà de la magie active ? Je ne suis même pas certaine de pouvoir à nouveau y arriver. Je ressens beaucoup moins la connexion entre Alix et moi.

— Je suis sûre que tu peux le faire. Et puis je te promets de ne pas dépasser le stade du frémissement vibratoire.

— C'est un terme que tu viens d'inventer, ça, non ?

— Possible, avoué-je.

— Tu vois ! Tu cherches à m'embrouiller !

Tchaka soupire comme un vieux conseiller fatigué.

Je pose ma tasse, puis je fais descendre le chat de mes cuisses pour me lever. Je récupère le miroir dans le cercle de sel. Il reste inerte. Pourtant, j'ai cette sensation étrange que la pièce retient son souffle. Même les bougies, qui continuent de se consumer lentement, semblent m'observer. Je ne sais plus quel argument avancer.

— Dix secondes, m'avertit Béa. Pas une de plus.

Mon cœur tourne comme une toupie.

— Oui, chef. C'est promis.

Je n'en reviens pas qu'elle accepte.

— Remets-toi au centre du cercle, alors. Vite. Avant que la magie que je partage avec Alix s'étiole complètement. Mais je t'avertis, je ferai tout mon possible pour que tu ne puisses pas passer.

Je ne réponds pas. Je me contente d'obéir et de fermer les yeux. J'essaie de contrôler ma respiration qui devient courte. J'ai les mains moites. J'entends Béa qui tourne autour de moi. Je reste immobile. Je me concentre juste sur les fourmillements au bas de mon dos. Enfin, je les imagine, plutôt. Ensuite, je me laisse submerger par les souvenirs : son rire, sa voix, sa façon de prononcer « ma sirène » comme s'il savourait chaque syllabe.

Au début, rien. Puis, une secousse. Minuscule. Comme un écho qui se cogne au fond de moi.

Je rouvre les yeux qui se posent sur le miroir. Je jurerais l'avoir vu frémir.

— Tu as vu ?

— Oui... chuchote Béa. Mais... ce n'est pas possible.

— Pourquoi ?

— Parce que je n'ai rien fait.

— Comment ça ?

— J'ai fait semblant, Zoé. Je ne veux pas risquer de te perdre.

— Pourtant ça bouge ! Regarde !

— Recule, Zoé !

L'ordre claque, mais mes pieds refusent d'obéir. L'air autour du cercle s'alourdit, chargé d'électricité et d'odeurs métalliques. Une fissure s'ouvre lentement au centre du miroir, mince comme un cheveu. Puis elle s'étire au-dessus, avant de s'élargir.

— Oh, non ! Zoé ! Qu'est-ce que tu as fait ?

— Je n'en sais rien ! m'affolé-je à mon tour. Je croyais que tu agissais... alors, je me suis juste concentrée sur des souvenirs...

Le sol vibre. Tchaka feule. Son poil est tout hérissé.

— Si tu nous fais faux bond, on viendra te harceler jusqu'en enfer, Zoé ! déclare-t-il.

Une lueur dorée s'échappe du miroir. Pas violette ni rouge. Dorée ! Comme un lever de soleil qui aurait pris un raccourci à travers les Enfers.

Le cercle de sel se met à pulser. Mon dos picote de nouveau. Puis il me brûle carrément. Pile là où le lien se logeait. Je me tortille dans tous les sens.

— Béa !

Elle s'élance pour me rejoindre, et m'aider à rester debout.

Le miroir s'effrite, avant de se briser. L'air s'arrache, aspiré dans la faille comme une grande inspiration cosmique. Un courant chaud nous enveloppe. À travers mes paupières plissées, une ombre se détache dans la lumière. Une silhouette floue, mais que je reconnais aussitôt. Je retiens mon souffle. Ce n'est pas possible.

— Shane ?

Il traverse le portail, et la lueur dorée disparaît. À peine a-t-il posé un pied sur le plancher, qu'il tombe à genoux. Dans un grand fracas, à quatre pattes au sol, il lâche un juron, et tout se stabilise d'un coup.

Mes paupières papillotent. Bouche bée, je l'observe, incapable de bouger. Comme Béa et Tchaka d'ailleurs, a priori.

— OK... marmonne-t-il en se relevant. Note pour plus tard... même si j'espère ne jamais renouveler l'expérience... les atterrissages entre deux dimensions, c'est surfait.

Je reste figée. Mon cerveau essaie de convaincre mon cœur que ce n'est pas un mirage. Sauf qu'il est là. Poussiéreux, échevelé, et toujours aussi... Shane. Il lève la tête. Nos regards se croisent.

— Salut, ma sirène, lance-t-il presque trop décontracté. Tu n'as pas idée du bazar qu'il faut foutre pour échapper à un système infernal. Mais même l'enfer a fini par comprendre que je n'étais bien qu'ici.

Il esquisse un sourire fatigué. Un vrai, celui qui me désarme à chaque fois. Je n'arrive ni à parler ni à respirer. Je me précipite. Je franchis la distance entre nous sans réfléchir. Mes mains se posent sur son visage. Il est brûlant, réel. Puis, je fais la seule chose sensée. Je le serre contre moi, et il m'enlace très fort en retour.

— Je t'interdis de repartir, ordonné-je.

— Ah, carrément ! s'amuse-t-il. Mais... si tu insistes. Il faudra juste conclure un pacte pour ça !

Je ris et je pleure en même temps. Le contraste parfait de notre duo.

J'entends Béa qui s'approche de nous.

— Je n'ai pas compris tout ce qu'il vient de se produire, mais on aura tout le temps de décortiquer la situation. En attendant... bienvenue à la maison, Monsieur le démon.

— Ouais... réplique Tchaka. J'espère que tu as un permis de séjour permanent en règle.

Shane rit, ce rire que je pensais ne plus jamais entendre.

— Je suis à peu près certain que Contrôle a fait tout le nécessaire.

— Contrôle ? relève Béa.

— Promis. Je vous expliquerai tout.

Le silence retombe, apaisé cette fois. Béa fait signe à Tchaka de la suivre, et tous les deux s'éloignent le plus discrètement possible. Le parfum de citron emplit de nouveau la pièce. Shane glisse une main dans mes cheveux.

— Je t'avais dit que tu serais toujours avec moi.

— Et moi qui pensais que tu n'étais pas du genre à faire des efforts.

Il hausse un sourcil.

— Pour toi, ma sirène, j'ai revu ma politique interne.

Je ne résiste pas plus longtemps. Je me hisse sur la pointe des pieds pour l'embrasser. Son goût me ramène à la surface, et je me sens enfin complète.

La sirène a retrouvé son démon.

Épilogue

Shane

Cela fait trois semaines que je suis revenu d'entre les… paperasses.

Pas les morts, non ! Juste les formulaires infernaux. Parce qu'à choisir, je crois que la mort devrait être beaucoup moins chiante.

Béa m'interdit de m'approcher à moins de deux mètres d'un miroir. Elle craint que les hautes instances changent d'avis. De son côté, Tchaka me surveille comme un agent de probation félin.

Et Zoé… Zoé m'a fait promettre de ne rien flamber avant d'avoir bu mon café. Il paraît que c'est pour éviter les « déclencheurs émotionnels ». Je n'ai pas osé lui dire que mon principal déclencheur émotionnel, c'était elle.

Enfin… a priori, aujourd'hui, je suis un *démon repenti*… Même si je ne suis pas sûr que ce soit encore le bon terme.

Depuis mon retour, je n'ai pas pu générer la moindre étincelle. Même un briquet m'humilierait.

J'ai aussi essayé d'user de mon pouvoir de persuasion sur une humaine, pour l'inciter à acheter cette horrible *pierre d'abondance en plastique recyclé*. Pour seule réponse, elle m'a demandé si avant, j'avais lu les avis sur Google.

Mais tous ces petits « avantages » ne me manquent pas.

La vie à La Lune Rousse n'a rien d'un enfer. Elle s'apparente plutôt à un joyeux chaos. Les bougies sentent la vanille, la sauge et la « protection spirituelle » – ou juste la cire qui brûle, selon les jours. Entre deux cocktails, Béa prépare des infusions en série comme si elle tenait une annexe du purgatoire. Et moi, j'essaie de m'adapter à l'idée qu'on puisse vivre sans qu'un supérieur hiérarchique te menace de dissolution si tu souris avec trop d'entrain.

Le matin, j'aide au ménage et au rangement. L'après-midi, je bricole, ou alors je joue le mannequin vedette pendant les lives de ma sirène. Et la nuit… je dors. En serrant Zoé dans mes bras.

Parfois, je revois Contrôle.

Sa voix, sa façon de détourner le regard juste avant de déclencher le protocole. Plus j'y pense, plus je suis convaincu qu'elle savait ce qu'elle faisait. Elle m'a offert une issue de secours. Un bug dans le système. Mon unique regret aujourd'hui est de ne pas pouvoir la remercier. Ce qui est encore plus étrange, c'est la gratitude que je ressens.

Un claquement sec retentit derrière moi. Il me sort de ma torpeur.

Zoé vient de rentrer à la maison. J'avais pour mission de réparer sa précieuse chaise ergonomique. Ça me change des missions que me confiait l'enfer. En tout cas, nous avons appris à ses dépens que ce genre de fauteuil n'est pas du tout adapté à nos galipettes.

— Shane ? C'est moi ! Tu as terminé ?

— Pourquoi ? Tu veux que l'on teste sa solidité avant le retour de Béa et de Tchaka ?

Elle rit, et ce son-là vaut tous les pactes du monde.

Zoé entre dans le salon. Elle porte une robe légère de couleur verte. Ses cheveux blond vénitien sont attachés à la va-vite. Son parfum de lavande se mêle à celui de l'arabica qui flotte encore dans l'air.

— C'est tentant, mais j'ai un live dans moins d'une heure. Je te refais du café ?

— Chercherais-tu à m'amadouer pour que je joue le mannequin ?

Je ne résiste pas. Je lâche mon tournevis pour m'avancer vers elle, et la prendre dans mes bras.

Aussitôt, elle pose ses mains derrière ma nuque, et entortille mes cheveux autour de ses doigts.

— Parce que le café est ce qui va le mieux me permettre d'arriver à mes fins ? Tu aurais pu m'en informer plus tôt, quand même !

Je ris, et lui offre ma réponse favorite.

Un baiser dans lequel je tente, en vain, de déverser tous les sentiments que j'éprouve à son égard. L'éternité ne suffira pas pour qu'elle en prenne la mesure.

— Tu réalises ? Tu es officiellement le premier démon à avoir tenu plus de trois semaines sans mettre le feu à un truc ?

— C'est vrai, ça ! D'ailleurs, elle est où ma médaille ? J'en veux une avec gravé dessus « a survécu à la paperasse et à une sirène. »

— C'est trop long pour une médaille. On fera imprimer ça sur ton mug, répond-elle du tac au tac.

J'adore nos boutades. C'est comme si on était parfaitement câblés, branchés sur la même longueur d'onde quoi qu'il arrive.

Un silence s'installe, doux et un peu fragile. Elle sourit, et je me dis qu'en plus d'être un type revenu des Enfers, je suis le plus chanceux du monde.

Elle pose sa main sur ma joue. Je ferme les yeux. Cette fois, plus de rappel.

Plus de protocole.

Juste la paix.

Et elle.
Qui m'a donné une raison de vivre…

Et si l'aventure continuait… ailleurs ?

Certaines histoires se terminent à la dernière page, tandis que d'autres se poursuivent ailleurs. À intervalles réguliers, des parchemins plein d'exclusivités quittent le Dravenium, mon bureau.

📜 Accès prioritaire à certaines informations

🍂 Friandises de Willow Creek

✨ Coulisses d'écriture

🖤 Confidences et surprises

Certaines de ces histoires, traditions et curiosités n'existent nulle part ailleurs. En t'inscrivant, tu recevras aussi le prologue et les cinq premiers chapitres de "Le Réveil des Vampires".

Les portes du Dravenium te sont ouvertes.🖤

Remerciements

Nous y voilà, à la fin de cette seconde comédie romantique… C'est juste ouf !

En écrire une tenait déjà du miracle, mais comment on qualifie ça lorsque ledit miracle est renouvelé ?

Toujours est-il que je voulais aborder un sujet qui me tenait à cœur : la dépression…

Et même si le thème est plutôt lourd, j'espère que vous vous serez quand même amusés en compagnie de Shane et de Zoé.

Merci à mes bêta-lectrices pour vos regards aiguisés. Sophie, ma géniale Sophie, aux retours pertinents et pleins de tendresse. Rav', et ton expertise d'autrice confirmée dans le genre de la romance. Et Christelle, dont l'avis de lectrice pure est indispensable !

Merci à Dani, ma correctrice de folie, avec ton œil de lynx et tes commentaires pleins d'humour.

Et enfin, merci à toi ! Merci de me suivre dans mes délires, qu'ils soient riches en suspense, en action ou en humour. Tu es là, tu prêtes vie à mes personnages, et je t'avoue que j'aimerais être une petite souris pour voir ce que tu imagines !^^ En tout cas, un immense merci pour ton soutien et tes encouragements. Ils sont mon moteur, ceux qui me poussent à essayer de t'offrir encore plus d'histoires dignes de toi, et de ton enthousiasme.

À bientôt pour une nouvelle aventure,

En attendant, prends bien soin de toi,

Draven.

Du même auteur

<u>Initiation au Monde de Draven Vixen</u>

- L'Enfer, c'est surfait ! (Tome 1)
- Loups & Sortilèges (Tome 2)
- Vampires & Love in Vegas (Tome 3)
- Initiation au Monde de Draven Vixen (L'intégrale)

<u>Le Monde de Draven Vixen – Partie 2</u>

- Eyana Davis & Les Loups du Crépuscule (Tome 1)
- Eyana Davis & Les Loups du Crépuscule (Tome 2)
- Eyana Davis & Les Loups du Crépuscule (L'intégrale + une nouvelle inédite)

Le Monde de Draven Vixen – Partie 3

- Loups, Meurtres & Sorcellerie (Tome 1)
- Loup, Gargouille & Prophéties (Tome 2)
- Démons, Vampires & Apocalypse (Tome 3)
- Le Monde de Draven Vixen – Partie 3 (L'intégrale)

Epilogue du Monde de Draven Vixen

- Loups, Dragons & Légendes Mayas (Tome 1)
- La Mage & Le Loup Originel (Tome 2)
- Le Temple Perdu des Kitsunes (Tome 3)
- Epilogue du Monde de Draven Vixen (L'intégrale)

Le Réveil des Vampires

- Le Réveil des Vampires (Tome 1)
- Le Réveil des Vampires (Tome 2)
- Le Réveil des Vampires (Tome 3)
- Le Réveil des Vampires (L'intégrale)

Un Biker Loup-Garou sous le Sapin

www.ingramcontent.com/pod-product-compliance
Lightning Source LLC
La Vergne TN
LVHW091023080826
845145LV00002B/340

* 9 7 8 2 4 9 3 5 3 9 6 3 2 *